Gerhard Jung

E Flämmli glüeht

Ein Weihnachtsbuch
mit Gedichten, Geschichten, Liedern
und kleinen Spielen
zur Advents- und Weihnachtszeit

MORITZ SCHAUENBURG VERLAG
Lahr/Schwarzwald

CIP-Titelaufnahme der Deutschen Bibliothek

Jung, Gerhard:
E Flämmli glüeht: e. Weihnachtsbuch mit Gedichten, Geschichten, Liedern u. kleinen Spielen zu Advents- u. Weihnachtszeit / Gerhard Jung. – Lahr/Schwarzwald: Schauenburg, 1987
ISBN 3-7946-0248-X

1987

Gesamtherstellung Moritz Schauenburg GmbH & Co. KG
Graphischer Großbetrieb, Lahr/Schwarzwald

ISBN-Nr. 3-7946-0248-X

Miinere Mamme
un miinere Frau Klärli

wo mir s Lebe weihnachtlich
un d Weihnachte lebendig gmacht hän

Inhalt

Adventsliecht

Jetz leuchte wider d Cherze
am Obe uf em Tisch,
do spürt mer zmol im Herze,
aß hinter Angst un Schmerze
no öbis anders isch.
Mer chas so recht nit sage,
wel Wesen in eim webt
in dene bsundre Tage;
s isch grad, as wär mer trage,
wie wenn e Hand eim hebt.
E Hand, wo eim Vertraue
un Muet zuem Glaube git.
Un Chraft, zum Brucke baue
in dere böse, graue
un hoffnigarme Zit.
Als heb s groß Liecht di troffe,
wo bloß ei Cherze brennt,
spürsch di uf eimol offe
für s Glück vom frohe Hoffe
im gsegnete Advent.

Zum A'zünde – e Vorwörtli

Advent, Weihnachte, Wiehnächt, Christfest! Gell, mit dene Wörter verbinde mir Mensche allewiil e bsundere Traum: De Traum von ere Welt, wo d Lüt guet sin zuenenander, wo si enander helfe, mit dere chalte, schier hoffnigslose Welt z recht z cho.

Kei Zit isch riicher an guetem Mitenander, an Bruuchtum un Nochberschaftspfleg wie d Advents- un Weihnachtszeit, keini isch chinderseliger un meh voll Erwartig un Freud.

Aber grad wegedem isch au keini hützetag meh de Giir un Gwisselosigkeit vo de Gschäftlishueber un Menschefanger priisge. s Gschäftlimache verdeckt meh un meh de tiefer Ghalt vo de Weihnachtszit.

E bizzeli vo sellem Ghalt un Glück wott i mit dem Büechli do de Mensche im Alemanneland dütlich mache. Zum lese un vorlese isch es denkt, als bscheideni Hilf, zum e weng Advents- un Weihnachtsfreud finde un schenke.

De Herrgott gäb Euch, liebi Leser un Loser e offe un fröhlich Herz fürs uralt Weihnachtswunder, aß jede, wo Euch in dere dunkle Zit begegnet, sage cha:

Lueg dört – e Liechtli brennt!

Lörrach-Stette
im Spötlig 1987

Z Liecht goh

Z Liecht goh zuenander,
wo ne Lampe brennt;
schwätze mitenander;
emol eins um s ander
Hirni, Herz un Händ
uusrueh vo de Dinge,
wo suscht wichtig sin.
Schöni Lieder singe,
d Seele mitlo klinge,
z'innerst in eim inn.
Mitenander lache!
Freud ge! Freud un Muet
au zue selle Sache,
wo eim z schaffe mache.
Lueget – sell isch guet!
Mensch sii!
Eins wie s ander.
Dört, wo d Lampe brennt.
Schwätze mitenander.
Dosii – eins für s ander –
segnet
Hirni, Herz un Händ!
Z Liecht goh
zuenander!

Liechtgang-Lied

Wort un Wiis: Gerhard Jung 1987

Liechtgang! Liechtgang!
Liechtgang isch hüt!
Chömmet, ihr Lüt
förchet eu nit,
Gott isch au bin is im Dunkle!
Er git is d Hand.
Chömmet zuenand!
rüstet jetz s Redli un d Chunkle!
Fanget froh a!
Fanget a!

Anm.: Das Lied kann gespielt werden, indem in der ersten Strophe Mädchen mit Spinnrädern in die Kunkelstube kommen und am Ende der Strophe Kerzen anzünden. Zur zweiten Strophe: Die Mädchen setzen sich im Halbkreis und richten ihre Spinnräder. Danach kann jemand vom Lichtgangbrauch erzählen.

Grueß bim Z'Liecht-goh

Grüeß Gott Euch do inne!
Grüeß Gott Euch vo Herze,
i me Stündli, wo sii wott
so hell wie ne Cherze,
wo d Welt e weng heiterer macht
um is umme.
Un wär s au e bscheidenis Liechtfleckli nume,
un gits is au nume e bizzeli Wärmi
un e chlei weng meh s Gfüehl:
Mer sin an de Schärmi!
No hä mer zuem Freue weiß Gott alle Grund.
Drum sag i:
Grüeß Gott für e gsegneti Stund!

Schwarzwälder Brauchtum zur Weihnachtszeit

Nun kommt die stille Zeit ins Land,
die Sonne hat sich abgewandt,
die Nacht macht uns betroffen.
Komm bald, Du guter Herre Christ,
der Du das Licht der Armen bist,
die Türen stehen offen.

Von altersher äußert sich in der Zeit der langen Nächte und der Nebeltage die Sehnsucht der Menschen und Völker nach Licht, Wärme und Geborgenheit im Brauchtum. Auch im Schwarzwald sind mit der Zeit zwischen den »Klöpflesnächten« bis zu den Rauhnächten oder den »heiligen Zwölf« mehr Bräuche verbunden als mit anderen Jahreszeiten. Es ist immer wieder bewegend, diesem oft seltsamen Tun nachzuspüren und seine Gründe und Bedeutungen zu erforschen. Das wollen wir tun; wir wollen uns aber auch Anregungen holen, wie wir in unserer Zeit die langen Abende auch ohne Fernsehen und Video sinnvoll verbringen könnten. Vor allem Familien mit Kindern können die »fröhliche, selige Weihnachtszeit« mit der Pflege der alten und dem Schaffen neuer Bräuche zu inniger Begegnung werden lassen

Böpperle und bossele

In der Andreasnacht (30. November) hat es angefangen. Da sind die »Kerli« am Abend um das Haus der Liebsten geschlichen und haben mit ihrem Stecken an das Fenster »böpperlet« oder mit Bohnen, Erbsen oder Steinchen ans Haus hinaufgebosselt. Und keiner hat es ihnen verwehrt. Es hat nämlich etwas zu bedeuten, wenn jemand anklopft. Es kann Glück verheißen – »De Engel goht vorbei« – es kann aber auch Not und Gefahr verkünden – »hörsch, wi d' Toteuhr goht?« –.

Auch wir Aufgeklärten klopfen dreimal ans Holz gegen das »Berufen« oder »Beschreien«, kaum einer weiß noch weshalb. Neuerdings verkaufen clevere Souvenirlisläden eigens hierfür »touchwoods« oder »Berührhölzer« an abergläubische Touristen.

»Klöpflesnächte«, »Anklopfet«, »Bosselnächt« oder »Säcklesnächte« sind alle Donnerstage im Advent. Hat wohl der germanische Gott Thor oder Donar, der Hammerwerfer, hierbei Pate gestanden?

Vielerorts galten und gelten die pochenden Grüße nicht nur dem heimlichen Schatz. Anton Birlinger hat darüber in »Volksthümliches aus Schwaben« (Freiburg 1862) berichtet: »Junge Leute gehen in diesen Nächten umher und werfen mit Heftigkeit kleine Kieselsteine oder Erbsen an die Fenster bekannter Personen: Dies soll eine Höflichkeitsbezeugung sein und man muß allsogleich die Fenster öffnen und dem Täter seinen Dank nachrufen, wenn nicht zur Strafe die Fenster gar eingeworfen werden sollten.«

Von meiner Großmutter, die aus dem Oberschwäbischen stammte, habe ich allerdings gehört, daß man beim Anklopfen nach dem Betzeitläuten auf keinen Fall mit »Herein« antworten darf, das würde Unglück bedeuten. Besonders Wöchnerinnen müssen hier gut aufpassen, gar zu leicht kann es sonst eine schwere Geburt geben. Auch müsse man den Anklopfenden immer etwas geben, wenn es nur ein paar Äpfel, Hutzeln oder Nüsse wären.

Daß der »Klöpfelgang« mancherots auch als »Heischegang« für die ewig hungrige Dorfjugend genutzt wurde, zeigt uns der Ausdruck »Säcklesnacht«, den wir aus dem Elztal oder Prechtal kennen. Dort zogen vermummte und maskierte junge Leute von Haus zu Haus und streckten ihr »Säckle« an der langen Stange ans Fenster.

Besonders beliebt war dieses »Säcklestrecken«, wenn der Bauer geschlachtet hatte. Es soll noch heute da und dort geübt werden. Die Säcklestrecker kommen mit einer langen Stange, an der ein Säckle befestigt ist, zum Hof und klopfen an das Fenster. Dann verstecken sie sich in der Nähe. Die Bäuerin öffnet das Fenster und holt aus dem Säckle einen »Metzgerbrief«, in dem in launigen Worten um eine Gabe gebeten wird, etwa um eine »Brotwurst lang un krumm, dreimol um der Ofe rum!«. Das Säckle wird dann gerne gefüllt, eine gefitzte Bäuerin bindet aber dabei die Stange ein wenig am Fenster fest, daß sie nicht so leicht weggenommen werden kann. Inzwischen sind der Bauer und die Hofbuben oder Knechte um das Haus herumgeschlichen und »passen« den Säcklestrecker ab. Der (oder die) ist aber auch nicht von gestern und wendet allerlei Tricks an, um zu der ersehnten Beute zu gelangen. Da kommt es halt oft darauf an, wer der Schnellere ist. Da heißt es »säckle«, wie man in der alemannischen Mundart zum Rennen sagt (wer kennt noch diese Bedeutung des oft verschimpften Wortes?). Wehe aber dem »Säckler«, der erwischt wird! Der muß ohne Gnade mit in die Stube zu den Wiibervölchern und muß »die Suppe auslöffeln«, die sie ihm eingebrockt haben – und gehörig versalzen dazu. Kurt Klein berichtet, daß es an verschiedenen Orten noch üblich sei, die »Gefangenen« zu fesseln und ihre Gesichter mit Ruß zu schwärzen.

Selbstverständlich wird aber nach der Prozedur noch ein gutes Glas Most oder ein Bier getrunken und manche versalzene Suppe ist schon mit einem »Schmützli« an der Haustür versüßt worden – insbesondere, wenn nette Maidli auf dem Hof sind.

E Liechtli brennt!

E Flämmli glüeht, e Liechtli brennt.
S isch niemer, wo mer sage chönnt,
wo s hoch un tief, wo s noch un wit
so hell wär in de dunkle Zit!

Das Licht gibt dem Brauchtum der »Erwartungstage« im Advent eine besondere Ausstrahlung; es ist Symbol der Hoffnung und Ausdruck des Willens zur Freude auch in dunkler Zeit.

Wohl am bekanntesten ist heute der Brauch, einen Adventskranz aufzustellen oder aufzuhängen und an jedem Adventssonntag eine Kerze mehr daran anzuzünden. »Advent, Advent, ein Lichtlein brennt – erst eins, dann zwei, dann drei, dann vier, dann steht das Christkind vor der Tür!« singen die Kinderschüler von der Nordsee bis an die Alpen. Mit Äpfeln und vergoldeten Nüssen oder Strohsternen geschmückt ist der Kranz Mittelpunkt beim abendlichen Singen der Familie oder im Freundeskreis. Kränze galten von jeher als Segenszeichen in Freud und Leid. Sie sollten aber unbedingt selbstgebunden oder gesteckt werden.

Schön finde ich auch den Brauch, auf den Gräbern Lichter aufzustellen und sie an den Sonntagen im Advent anzuzünden als Gruß an die Menschen, die uns einmal nahegestanden sind.

Zum Gedenken an die Gefallenen oder die Verstorbenen des ausklingenden Jahres stellte man früher fast überall brennende »Hindenburglichter« oder »Liechtfäßli« an die Fenster. Sie sagten den Vorübergehenden, daß auch die Toten Anteil haben an der Adventshoffnung, solange sie nicht vergessen sind. Waren sie nicht obendrein ein stummes öffentliches Gebet um Frieden und Freude?

Alle Menschen, die Sehnsucht nach Frieden und Freude haben, sollten am Weihnachtsfest ein solches Licht ins Fenster stellen, damit Gemeinschaft sichtbar wird und Mut wachsen kann!

Ein schöner Brauch, der eine Wiederbelebung oder Ausbreitung verdient, ist das »Lichterschwemmen«, wie es uns aus der Schweiz bekannt ist, aber auch in Kärnten (zu Lichtmeß) geübt wird. Auf einem Brett wird ein Wachslicht befestigt, außerdem wird ein Fähnchen angebracht mit dem Namen des Absenders (und dem besonderen Weihnachtswunsch!). Gewitzte Buben und Maidli basteln sogar Häuschen und Kirchen auf den schwimmenden Wunschzettel. An einem Abend im Advent versammeln sich die Kinder und bringen in einem Lichterzug ihre Schiffchen an den Fluß oder See, dort wird ein Vaterunser gesprochen und das schöne Adventslied »Es kommt ein Schiff geladen ...« gesungen. Dann setzt sich die Lichterflotte in Bewegung und trägt die leuchtenden Adventswünsche talauswärts. Könnt Ihr Euch das vorstellen?

In Häg und Ehrsberg, zwischen Wiesen- und Angenbachtal pflegte man bis in die frühen sechziger Jahre hinein das »Frauentragen«. Junge Mädchen zogen mit Lichtern und einer Marienstatue von Haus zu Haus, sagten einen Segenswunsch und beteten mit den Besuchten den »Engel des Herrn«, sie wurden nicht selten in die Stuben eingeladen, wo sie Adventslieder sangen und auch ein Gläschen eigenen Likörs nicht verschmähten. Es dauerte daher oft viele Tage, bis alle Häuser »angetragen« waren.

Im Schwäbischen wurde (und wird?) dieser Brauch als »Herbergssuche« gedeutet, dort blieb die Marienstatue jeweils eine Nacht im Haus auf einem Ehrenplatz. Dieser schöne, leider heute dem obligatorischen »Zeitmangel« zum Opfer gefallene Brauch erinnert uns an die »Luzia-Braut«, die man leider nur noch in Schweden bewundern kann. Bis etwa vor einem Jahrhundert konnte man auch in Deutschland die »Lussi-Brud« bestaunen, wenn sie mit ihrer zwölfstrahligen Lichterkrone von Haus zu Haus zog, den Luzia-Segen sprach und den Männern aus dem Luzia-Krug zu trinken gab. Das sollte ihnen Kraft und Mut verleihen.

Dört, wo d Lampe brennt!

»Mer göhn z Liecht!« sagten die alten Schwarzwälder, wenn sie dem Nachbarn nach einbrechender Dunkelheit noch ein wenig »auf die Bude rückten«. »Stubete« sagt man in Vorarlberg, »Lichtstube« und »Kunkelstube«, »Hoierleshaus« und »Kerzengang« meinen dasselbe.

Da sitzt man also beim Schein der Lampe beisammen, redet dies und das, die Stricknadeln klappern, die Tabakspfeifen schmurgeln und die Kinder hocken mucksmäuschenstill im »Winkeli«, damit ihnen ja kein Wort von der spannenden Unterhaltung entgeht. Die Alten erzählen von der Kinderzeit, als noch die Petroleumlampe flackerte oder gar der Kienspan sein mageres Flämmchen gab.

Schön gesungen habe man damals zum Schnurren der Spinnräder, Löffel habe man geschnitzt nebenher und Sagen erzählt. »Schad, daß es das hützetag nümmi git!« meint Tante Bethli.

Warum eigentlich nicht? Könnten nicht da oder dort ein paar Nachbarn oder Freunde zusammensitzen – ohne Gelage und Festschmaus, ganz einfach – und eine »Hockete« pflegen in der Adventszeit?

Wer vom Spielteufelchen besessen ist, der kann es ja machen wie die Leute in Blankenloch bei Karlsruhe, die karteln oder würfeln nämlich im Advent in den Wirtshäusern Laugenbrezeln aus. Der Pfarrer soll das allerdings nicht immer mit ungeteiltem Vergnügen gesehen haben.

Sehr beliebt waren in unserer Jugend die Orakelspiele. Da wurde Blei in einer alten Schöpfkelle heißgemacht und unter geheimnisvollem Gemurmel in eine Schüssel voll kaltem Wasser gegossen. Aus den bizarren Gebilden haben wir dann die Zukunft herausgelesen. Warum dieser Brauch in Neukirch bei Furtwangen »Christoffeln« heißt, weiß ich nicht. Wer kennt den Grund? Ist es vielleicht eine Deutung, daß »Christ« in dieser Geheimbefragung die Zukunft »offen« zeigen möge? Vielerorts wird auch anstatt Blei Eiweiß ins heiße Wasser gegossen, auch das gibt sonderbare Bilder. Im hohen Schwarzwald übte man das »Eisfragen«. Ein Mädchen stellte am Abend einen Holzzuber oder Eimer voll Wasser vor das Haus, am andern Morgen konnte sie dann (bei genügender Phantasie) das Bild ihres Zukünftigen auf dem Eis entdecken (Glottertal) oder an einem abgebildeten Werkzeug oder Gegenstand wenigstens seinen Beruf erkennen (Simonswald); entdeckte sie aber einen Sarg, so bedeutete das, daß sie ledig sterben müßte (Gütenbach).

Der Aberglaube war (und ist?) in der dunklen Zeit um Weihnachten stets besonders ausgeprägt. Vor allem die Liebes-Orakel spielten dabei immer eine große Rolle. Bis heute hat sich der Brauch erhalten, am Tag der heiligen Barbara (4. Dezember) Kirschbaum- oder Ebereschenzweige ins Wasser zu stellen. Blühen die Zweige an Weihnachten, so verheißen sie Glück für das kommende Jahr. Allerdings war der Brauch früher mit einiger Mühe verbunden. Da konnten die Mädchen nicht wie heute den Zauberzweig auf dem Markt kaufen, in Schwaben und Böhmen mußte er im freien Feld geschnitten werden. Das Mädchen durfte dabei nur mit einem Hemd bekleidet sein und während der ganzen Prozedur kein Wort sprechen. Das mußte vor Sonnenaufgang geschehen (brrr – und das im Dezember!).

Mancherorts wurden die Barbarazweige als Weihnachtsbaum am 24. Dezember mit Oblaten, vergoldeten Nüssen und Zuckerzeug geschmückt (nicht immer und nicht überall gab es eine Tanne als Christbaum). Auch sah man da oder dort am Zweig Zettel mit den Namen geliebter Menschen, denen man besonders Glück wünschen wollte.

Wäre das nicht ein Brauch, den wir wieder aufleben lassen sollten?

Noch kennt man im Kinziggebiet den Brauch, daß jedes Kind an seinem Barbarazweig einen Zettel mit seinem Namen befestigt. Wessen Zweig zuerst blüht, der ist »der Beste«, er wird am meisten Glück haben im kommenden Jahr.

Aus Böhmen ist uns die Sitte überliefert, am Tag der Unschuldigen Kindlein, dem sogenannten »Pfefferlistag« (28. Dezember) die Mädchen mit dem Barbarazweig zu

»fitzen«; »aufkindeln« oder »gsundschlagen« heißt es in Bayern, im Egerland schmückte der Bursche hierzu den Zweig mit einem roten Band.

Angelika Bischoff-Luithlen berichtet in ihrem ausgezeichneten Buch »Von Amtsstuben, Backhäusern und Jahrmärkten« (Kohlhammer-Verlag) über das »Pfeffern«: Pfeffern bedeutet »mit Ruten schlagen« (aber auch betteln – d. Verf.) Es waren hauptsächlich Kinder, die mit grünen und stachligen Wacholderzweigen auf die Eltern, Paten und Verwandten losgingen und ihnen Arme und Beine »bestrichen«. Die Zweige wurden auch »Pfefferruten« genannt, man entledigte sich der kleinen Plagegeister dadurch, daß man ihnen »Pfefferkuchen« schenkte.

Sicher stecken noch einige heidnische Vorstellungen in so manchem Brauch. So etwa, wenn der Bauer am heiligen Abend in den Stall geht und seinen Tieren verkündet: »Christ ist geboren!« oder wenn er am Weihnachtstag vor Sonnenaufgang eine Kette im Hof zum Ring legt, in dem dann die Bäuerin die Hühner füttert (das soll ein guter Schutz gegen den Habicht oder »Hühnervogel« sein – mancherorts legt man diese magischen Ringe auch an Karfreitag oder Ostern.

Ein Palmzweig an der Tür oder die mit geweihter Kreide vom Hausvater geschriebene Formel C + M + B am Türsturz (Simonswald) schützt gegen mancherlei Unheil, vor allem auch gegen das »Schrättelidrucke«! Wer in der Weihnachtsnacht um Mitternacht Farnsamen sammelt und sich in die Schuhe legt, der wird unsichtbar! Eine Frau, die in den Rauhnächten (zwischen Weihnachten und Drei-König) Wäsche wäscht, bringt großes Unglück über das Haus. In Schuttertal galt das allerdings nur, wenn zunehmender Mond herrschte, denn: »Wenn de Mond uf

Neijohr wachst, derf mer nit wäsche, suscht gits Flöh ins Hemd!«

Brot mußte bei Tageslicht gebacken werden, auch die Spinnräder sollten bei einbrechender Dunkelheit stille stehen (Markgräflerland), ganz im Gegensatz zu anderen Jahreszeiten, in denen der Spruch galt: Spinnen am Abend – erquickend und labend, spinnen am Morgen – Kummer und Sorgen (den man heute vielfach aus Unkenntnis den armen Spinnentieren nachsagt). In den Rauhnächten durfte kein Handwerker auf die »Stör« ins Haus kommen, Fremde waren ungern gesehen und auch die Waffen mußten ruhen.

In all diesen »Aberglauben« steckt ein wenig Volksweisheit. Advent sollte einfach eine Zeit der Besinnung sein und eine Erholungspause für Geist und Körper. Was ist heute daraus geworden?

Chönntsch nit au Segebringer sii?

»Dr Samichlaus chunnt us em Schwarzwald!« so heißt es auf dem schweizerischen Ufer des Hochrheins bis tief in den Jura hinein. Ein Beleg dafür, daß im Schwarzwald die Verehrung des heiligen Nikolaus und der Brauch der Nikolaus-Spiele besonders gepflegt wurden?

»Es schneit, es schneit, aß s Fetze git! De Sämichlaus isch nümme wit!« kann man auch hören. Dann wird das »Gute Heft« hervorgeholt. Da haben die Kinder das Jahr über ihre »Guttaten« eingetragen, Vater und Mutter, die »Gotti« (Patin) oder auch einmal der Herr Lehrer oder Pfarrer haben ihr Lob hineingeschrieben. Jetzt muß nur noch das »Strichli«-Konto für fleißiges Beten noch etwas aufgemöbelt werden, dann wird der Heilige zufrieden sein!

Gell, ihr jungen Mütter und Väter, die Erziehungsmethoden waren früher auch nicht alle dumm. So ein »Gutes Heft« könnte wohl der Nikolaus jedes Jahr bringen als stummen Helfer und Mahner zur Hilfsbereitschaft und als liebenswerte Erinnerung in späteren Jahren!

Ein Klausenbändeli, in das das Wäldermaidli bei jeder Guttat ein Kreuzchen stickt oder ein »Klausenholz« mit eingeschnittenen Kerben für die Buben sind ähnliche pädagogische »Merkmitteli«. Ob man sie heute noch irgendwo kennt? Leider treibt die gewissenlose Werbung mit der eindrucksvollen Gestalt des heiligen Nikolaus heute in den Städten viel Schindluder. Scharen von »Weihnachtsmännern« in roten Mönchskutten nehmen dem alten Brauch das Einmalige und das besondere Familiäre. Es wäre daher eine ernste Forderung an unsere jungen und junggebliebenen Männer in den Heimatpflegeorganisationen, das alte Nikolausbrauchtum zu erhalten und mit Sinn zu erfüllen. Die Waldweihnachten mit dem Besuch des heiligen Mannes und – je nach örtlicher Überlieferung – seiner verschiedenartigen Begleiter, geben hier ein gutes Beispiel.

Aber auch der adventliche Nikolausbesuch in der Familie könnte mit Hilfe verantwortungsbewußter und für Kinderfreuden offener Heimatfreunde da und dort wieder mehr beeindruckende Erlebnisse zaubern – nicht nur für die Kinder, auch für die Gestalter selbst.

Es war früher nicht üblich, die Kinder (und schon gar nicht die Erwachsenen) mit Geschenken zu überhäufen. Das Weihnachtsfest selbst war frei von jeder materialistischen Zuwendung. Gaben brachte der heilige Nikolaus. Äpfel, Nüsse und Hutzeln gab es und dazu den obligatorischen »Klausenwecken«, der als »Krettimaa« oder »Chräbbimaa« (Wiesental/Markgräflerland/Nordschweiz) oder als »Hanselmann« (Württemberg) oder »Baselmann« (Ortenau) seine besondere Gestalt erhielt. Später kannte man auch Lebkuchen mit aufgeklebtem Weihnachtsmann oder Jugendstil-Engel; die in Glanzpapier verpackten Nikolaus-Armeen sind erst nach dem letzten Krieg in Massen aufgetreten.

Die Begleitung des heiligen Mannes durch den »Ruhpelz« oder Knecht Ruprecht oder gar ein zottliges, brummendes Untier, den »Boschlibock« (Kirchzartener Tal; St. Peter, St. Märgen) oder den »Klausenpicker« (Kinzigtal) oder die mit ihm verwandte »Schnabelgeiß« (Schweiz) gaben und geben dem Nikolausbesuch eine besondere, wohlig-schauerliche Note. Diese Schreckgestalten deuten auf alte, wohl gar vorchristliche Wurzeln dieses Brauches hin. Der »Mummenschanz« war und ist bis heute nicht nur bei primitiven Völkern beliebt, er entspricht anscheinend einem im Menschen schlummernden Drang, andere zu erschrecken, um so Macht über sie zu bekommen. In der Gestalt des großen Helfers und Freudebringers Sankt Nikolaus hat die Kirche diesen Schreckdämonen einen Meister gesetzt, der den Sieg des Guten augenfällig dokumentiert.

Allerdings ging (und geht) die Verbindung oft in eine Vermischung über, so daß aus dem Heiligen selbst eine Schreckgestalt gemacht wurde und wird, die »mit einer Kuhhaut bekleidet« (Saulgau) oder »mit einem Kochhafen auf dem Kopf« (Balinger Gegend) zum »Butzimummel« und Gespött der Gassenbuben wurde: »Nicki-Nicki-Näcki, hinterm Ofe steck i! Bring mer Nuß un Bire, no chumm i hintevüre!« schreien sie, und mancherorts artet das in ein regelrechtes »Klausenjage« aus (Calwer Gegend). Der mit

Kuhhörnern aufgeputzte, kettenklirrende »Klaus« wird mit Gejohle und Peitschengeknall durchs Dorf getrieben und verhöhnt, kräftige Rutenschläge sind aber demjenigen sicher, den er erwischt. Auch im Südschwarzwald und in der Schweiz macht sich das Jungvolk bis auf den heutigen Tag einen Spaß daraus, den Heiligen »abzupassen« und gehörig zu »fuchsen« (ärgern). Der Verfasser hat das in seiner Kindheit nicht nur einmal probiert. Es war, so seltsam das klingen mag, der Anstoß dazu, später selbst im Bischofornat von Haus zu Haus zu gehen, seinen Segensgruß zu sagen und die Kinder zu belohnen, zu ermahnen oder, wenn es not tat auch einmal mit der Rute zu »fitzen« – stets aber alles mit der notwendigen Würde. Darauf kommt es im Letzten an, wenn der schöne Brauch seinen pädagogischen Wert behalten soll.

Laßt uns dem Herren singen!

Laßt uns dem Herren singen,
Willkommen ihm zu bringen
aus der Verlorenheit;
damit wir alle spüren:
Gott öffnet uns die Türen
zur sel'gen Weihnachtszeit!

Ob für alle Bräuche die weitverbreitete Meinung zutrifft: Je älter, je echter! bezweifle ich persönlich sehr. Bräuche sind weder Privilegien noch starre, gleichsam naturgegebene Verhaltensweisen. Sie wandern oft durch viele Länder (unser »deutscher« Weihnachtsbaum ist dafür der beste Zeuge), sie wandeln sich, leben auf, vergehen wieder.

Nicht das Alter, sondern der Geist des gemeinsamen Tuns macht den Wert eines »Brauches« aus, den wir pflegen sollten!

Ein hervorzuhebendes Beispiel hierfür ist das Adventssingen oder auch Adventsblasen, das vielerorts in den letzten Jahren wieder gepflegt wird. Singgemeinschaften oder Bläsergruppen gehen im Advent in Heime oder Krankenhäuser, um alte Menschen mit ihren Liedern zu erfreuen. Im Ausgang des achtzehnten Jahrhunderts bildeten sich in vielen Städten die »Colegia musica«, kleine Sing- oder Instrumentalgruppen; sie pflegten an Weihnachten oder Neujahr die »hohen Herrschaften« zu besuchen und aufzuspielen, wofür sie den angemessenen »Obolus« einsteckten.

Zwei bis drei liederfrohe Frauen, die alte Menschen besuchen und ihnen mit Gedichten und Weihnachtsliedern – vielleicht auch noch mit ein paar selbstgebackenen »Zuckerbrötli« – eine frohe Stunde bereiten, wäre das nicht eine segensreiche Sache?

Zuckerbrötli han i gern

Muetter, bach is Springerli
oder Zimmetstern.
Weisch, die süeße Dingerli,
die hät s Christchind gern!

Eine alemannische Familie, in der nicht zur Weihnachtszeit der Duft von Zimt und Nüssen, von Anis und Honig durch die Stuben weht, kann ich mir nicht vorstellen. Wenn es auch Kokosmakrönchen, Vanillehörnchen, Butterbrötchen und all die leckeren Sachen heute in guter

Meisterarbeit in jeder Bäckerei zu kaufen gibt, eine »währschafte« alemannische Hausfrau und Mutter wird es sich nicht nehmen lassen, die »Wiehnächtsgutseli« selbst zu backen. Und gibt es etwas Schöneres für die Kinder als dabei mitzuhelfen, erste selbstgeformte und geknetete Gebilde aus dem Backofen kommen zu sehen: Brezeli, Ringli, Stern un Herzli?

Das wohl typischste schwarzwälder »Gutseli« ist für mich noch immer das »Springerli«. Gar nicht selten findet man in den Familien im Schwarzwald noch uralte ererbte »Model« aus Holz oder Ton. Daneben ist es für manchen schwarzwälder Schnitzer Ehrensache, seine eigene Phantasie und Kunstfertigkeit mit einem »Springerlimodel« vorzuzeigen. Seinen Namen hat das beliebte Gebäck wohl von den ältesten und bekannten Gebilden, die fast immer einen Reiter oder ein Roß zeigen.

Aber auch der Lebkuchen darf als »schwarzwälderisch« angesehen – und gegessen werden, er kam wohl in den vierhundert Jahren vorderösterreichischer Herrschaft wie so viele Überlieferungen aus dem Alpenland.

Die Linzertorte und der »Birewecke« oder »Christstollen« vervollständigen die »süße« Weihnachtszeit. Jedesmal, wenn im Weihnachtsgottesdienst das Lied gesungen wird »O Jesulein süß« muß ich an Mutters Küche zur Weihnachtszeit denken und an die kühnen Forscherzüge, die Vater und Buben unternahmen, um an die begehrten Köstlichkeiten heranzukommen. Denn die Adventszeit war anno dazumal noch eine Fastenzeit und die Vorbereitung auf das Christfest mit viel Mühe und manchen Öpferli verbunden. Und das erst gab dem Fest seinen besonderen Freudenglanz.

Chömmet, lueget un loset

Adventszeit ist Zeit der Besinnlichkeit und Zeit der Begegnung zugleich. Im Bewahren und Pflegen des weihnachtlichen Brauchtums hat auch der Mensch unserer Zeit noch die Chance, jenes besondere Weben und Wesen der »heiligen Zeit« zu erfahren und mitzugestalten. Vor allem der Familie gibt diese Zeit wieder Raum und Thematik zum Zusammenrücken, für Kinder ist sie prägend für das ganze Leben.

Laßt uns eine Krippe bauen, aus Holz, aus Stroh, aus Pappe oder aus Ton! Wir wollen sie zum Mittelpunkt dieser Zeit werden lassen. Das ist für uns und unsere Kinder ein schöneres Weihnachtsgeschenk als der noch so reich gedeckte Gabentisch.

Chömmet go luege!
Chömmet zum Chindli!
Lueget un loset – un
freuet Euch vo Herze!

Liecht im Advent
e Betrachtig

Du heimeligi, gueti Zit
Advent.
Wenn dusse wit de Nebel lit
un in de Stube Schit um Schit
im Ofen abebrennt.
En Öpfel
brötlet bruun im Rohr,
um s Fenster goht de Wind.
Mer isch ganz still
un s chunnt eim vor,
as wär mer wider Chind.
Mer isch so dussen us de Welt
un iinegno in d Rueh.
Mer lost,
wie s Holz im Ofe chnellt
un ob nit grad e Glöckli schellt
de noche Wiehnächt zue.

Uf eimol isch es warm un guet
un hell, wo d Cherze brennt.
Mer spürt sich in de guete Huet
wil d Herrgottshand eim hebe tuet
im gsegnete Advent.

Ihr Liebe do am Adventstisch!

Gell, so hette mer en gern, unsere Advent:
E Spanne Stilli vor em Wunder vo de Wiehnächt,
e Plätzli, wo mer uftanke cha un sich wärme

im Iishuuch vo de Zit,
en Eckli heili Welt zmits im Hunger, im Elend
un in de Angst.

Aber, meint de Advent des eso?

Advent.
Gell, sell heißt: A'cho.
Un s chunnt eim mänks a in dere Zit,
viil meh wie suscht,
Guets oder Unguets.
Villicht isch es wegedem,
will s A'cho all au mit em Warte verbunden isch,
mit em Er-warte.

Villicht chunnts do dävo, aß mer spüre,
mer stöhn uf eme Bahnhof un luege de Gleis
entgege.
De chalte, schwarze, glitzrige Schine,
wo us ere chalte, schwarze, glitzrige Welt chömme
un sich wider verliere in ere chalte, schwarze,
glitzrige Welt.
Aber mir wüsse:
Us sellere schwarze Welt wird ball e Liecht cho.
E winzig Liecht wirds zerst sii,
e Liecht wie ne Cherzeflämmli i me große dunkle
Kircheschiff
oder wie ne verlorene Stern über e me wite
dunkle leere Märtplatz.

So isch des mit dem Liecht im Advent.

E Flämmli glüeht,
e Liechtli brennt.
s isch niemer, wo mer sage chönnt,
wo s hoch un tief, wo s breit un wit
so hell wär in de dunkle Zit.

E Liechtli brennt,
e Flämmli glüeht
un us em Iis e Blüemli blüeht,
des wärmt sich an dem Flämmli sacht
un s friert nit in de Winternacht.

O Liechtli!
Vo diim Schimmer gärt's
en einzig Fünkli nur, mii Herz.
No chönnt em in diim warme Schii
au zmits im Winter Früehlig sii.

Früehlig – zmits im Winter?

E Liecht in de chalte, schwarze Welt?
Zmits in allere Hetzete un Wuehlete
e Rüngli abschalte, e Stündli Stilli ganz für uns ällei.
Gell, dört hä mer in dere Adventszit e bsunder Heimweh dänoch.

Aber jetz emol ehrlich un Hand ufs Herz:
Chönne mer überhaupt no still sii un er-warte?
Schlö mer nit d Stilli tot uf Schritt un Tritt mir Mensche?
Hä mer nit s Radio erfunde un s Fernseh un s Auto un de Düse-Yet?
Un schwätze mer nit mänkmol druf los, wo ämend au e Blick länge tät, zuem s Nötig sage?
Un predige statt aß mer d Hand a'lege?

Gell, sell müe mer zerst emol wider lehre, sell Stillsii,
sell In-sich-selber-iineluege.
Sell müe mer zerst wider emol lehre.

Probierets emol. Sitzet ane un leget d Händ in Schoß.
Machet d Auge zue un loset.
Loset uf die uralt Frog.

Di uralt Frog

Wenn s um di umme liislig würd,
hörsch erst die gheime Brünne,
wo ruuschen in dir inne.
Wie wenn e Bach im Iiswind gfriert
un s Wasser drunter ummenirrt,
verfangen in de Rinne,
so ziehn Gedanke dur di dur
un schweri dunkli Froge.
Un grad wie anegfloge
chunnt neumedure zmol e Truur,
en Angst: Worum? Worum denn nur
müen d Mensche sich so ploge?
Worum git s Not, Verzwiiflig, Tod?
Worum müen Chinder sterbe
bevor si s Leben erbe?
müen d Vätter hasse?
Wer verstoht,
worum e Mensch mit Wille goht
go morden un verderbe?
Die uralt Frog: Worum, worum?
Si hät scho immer gulte:
Herrgott, wie chasch Du s dulde?

Hörsch denn nit, wie mer liide drum
un wie mer bätte: Herrgott, chumm,
vergib is unsri Schulde!
Vergib is, Herrgott, nonemol.
Loß is nit s Nüt un s Niene!
Loß is doch d Hoffnig grüene
un mach is s Lebe wider voll
mit Liebi!
Herr, mir wüsse s wohl,
aß mer si nit verdiene.
Doch ohni d Liebi wäre mir
an d Gwalt un d Giir verlore.
Mer wäre grad gebore
für d Angst un d Not, wie s ghetzti Tier.
Herr, alli Hoffnig lit uf Dir!
Du häsch is Liebi gschwore
un gisch is Diini Vatterhänd
uns Mörder un uns Diebe.
Du holsch is us em Trüebe,
vum tiefsten Elend, wo mer chennt
un machsch no alles guet am End,
we mir nur selber liebe!
We mir nur selber Haß un Stritt
bekämpfen uf de Erde,
no blüehien unsri Gärte!
Herr, gib is Chraft un mach is wit,
aß mir in dere dunkle Zit
im Liebe tapfer werde!

Gell, sell isch öbis, wo mer us de Stilli
lehre cha:
Still wachst im Bode s Chorn für unser täglich

Brot, still wachst e Chind unterem Herze vo
siinere Muetter, still wachst e Liebi neumen
i me junge Herz, e Baum an ere steinige Halde,
e Bluemen uf e me dünne Stengeli.
Aber in dere Stilli isch e großi Tapferkeit,
e Chraft zuem Sich-wehre.
Un no öbis sott mer lehre us de Stilli:
s »Erinnere«, s In-sich-iineneh vo dem,
wo eim begegnet un s dört verschaffe,
wie nen Edelstaischliifer s Wertvoll usehole
un als Bhaltis iinestelle in s Chänsterli
vom Johr.

Erinnerig

Wenn i so zruckdenk über s Johr,
no chunnts mer bös un finster vor.
E schweri Chranket hät mi druckt
un quält mit Angst, mit Not un bittre Schmerze.
s hät mit de Sense noch mer zuckt.
Un mänkmol han i gmeint, i heb im Herze
e Füür, wo s Lebe wott verbrenne.
Un mänkmol
han i nümmi chönne.
Eifach nümmi chönne!
I bi im Schatten unte gsi,
wie s tiefer kuum e Mensch cha sii,
wo nüt meh bisch
un wo der nüt meh ghört.
Doch was kei Buech eim sait,
kei Lehrstuehl, kei Katheder,
sell han i dört im schwarze Schatte glehrt:

Bloß wer sich gheie loßt,
chunnt unter d Reeder.
Wer ufrecht stoht, au in de finstre Schlünde,
de findet ein, wo ihm de Weg hilft finde, de Ufe-Weg.
Sell chunnt mer wie ne Wunder vor,
wenn i so zruckdenk übers Johr.
Ällei, verlore, ohni Stand
bin i im Stei ghänkt ohni Halt un Hoke.
Uf eimol chunnt e starchi Hand
un hät mi ghebt.
Un hät mi ufezoge
un Liecht isch do uf eimol um mi gsi un Sunne.
Un us em Liecht han i mi Lebe gwunne,
uf eimol!
Wo d Schmerze Fuhre zoge hän
dört hät ER Some gsait mit siine Händ.
Uf eimol häts de finster Vorhang gno
mit siinre böse graue Nebeltrüebi,
sin neui Freund un neui Freude cho
un neue Glaube an e gueti Liebi
un neui Hoffnig un e neue Wille.
Wenn i so zruckdenk über s Johr
im Stille
no ischs trotz allem guet gsi!
Drum denk i froh voruus ins neui Johr.
Gang gradeweg dedur dur s Tor,
wo breit un dunkel vor mer offe stoht.
I trag mi bizzli Lebe dure in de Hände
und sag mi Sprüchli:
Du min Vattergott
chasch alles all zuem Beste wende.
Ob's Nacht wird oder neue Morge.

Du wirsch mi Sach wie immer bsorge.
I trau uf Di!

I trau uf Di!

Isch des nit schön, we mer des sage cha? Vertraue isch de Grundstock für de Fride, numme us em Vertraue cha s Zsämmelebe vo de Mensche heiter un heil sii. Drum weiß i mer kei größer Gschenk wie s Gottvertraue. Sell isch meini no meh wert wie Geld oder Gesundheit, A'seh un Glück. Will eim s Gottvertraue helfe cha, mit allem Schwere un Böse fertigwerde.

An diinere Hand!

An diinere Hand gang i tapfer dur s Lebe,
dur Dunkel un Chälti un glüehige Sand.
An diinere Hand cha mi wärme un hebe,
an diinere Hand lauf i graduus un ebe,
kei Schritt cha mer fehlgoh,
kei Weg führt dänebe
ins Unrecht un d Schand
an diinere Hand.
Herr!
Loß mi nit frei!
Un wott mi au wehre –
Dii Hebe schafft mänkmol e bittere Stand –
un wott i mi winde, losriißen un chehre,
mit Händen un Füeße mi gege di speere,
dii Wort nümmi a'neh, diin Ruef nümmi höre:
Herr,
bhalt mi am Band
an diinere Hand!

So führsch mi dur d Nacht un dur bitteri Stunde,
dur Liiden un Tod in e besseris Land.
Dört stillsch mer de Hunger,
dört heilsch miini Wunde,
losch s Herz mir un s Hirni
verheile un gsunde.
No weiß i:
Jetz han i
e Heimethuus gfunde,
voll Glück bis an Rand –
an diinere Hand!

Gott schenk euch Vertraue un Sege im Advent!

E bsundri Zit

s git so ne Zit im spote Johr,
eso ne bsundri Zit,
do chunnt eim alles anderst vor
wie s suscht de Alltag git.
Mer siht uf eimol alles i men andre Liecht.
s isch grad, as ob eim öber d Tür ufmiecht
und sait: Hä sihsch s denn nit?
Hä sihsch s denn nit, was dinnen isch,
ganz dinnen in dir inn
un wurzlet dört, wenn Achtig gisch
un wachst in Seel un Sinn?
Di uralt Sehnsucht isch es, wo dört inne brennt,
di uralt Hoffnig, aß si doch no blüehie chönnt
die heili Welt – un du zmits drin!
Advent, heißt selli bsunder Zit,
wo so ganz anderst bisch
wie sucht: weich, warm un wit.
Wil di veränderisch
un wil uf eimol spürsch: s will öbis cho!
s stoht vor de Tür, will in mi iinegoh
un mit mir froh sii,
do, bi mir am Tisch!
Mach d Herztür uf! Duß stoht e Chind,
sell isch dii eigni Seel,
die suecht e Plätzli! Zeig'res, gschwind,
suscht gohts ämend no fehl.
Zeig, aß es nit verschüttet isch, dii Herz,
aß es no all de Weg weiß – wiehnächtwärts –
un goht en chinderselig blind dur Nacht un Wind.
Un goht en gern – un goht en wit in dere bsundre Zit!

Chumm, Heiland, chumm!

Chumm, Heiland, chumm!
Dii Erde bluetet.

Chumm, Heiland chumm,
Dii Chind hät Weh!

Dii heilig Füür verglumst
un gluetet
bal niene meh!

Riß ab em Himmel alli Grenze,
brich alli Chetten usenand!
Chumm, Heiland, chumm
un trag im Glänze
de heilig Friden in Dii Land.

Riß d Seelen uf un schüttle d Herze,
mach d Auge wit un d Lippe stumm
un leg Dii Hand uf alli unsri Schmerze.
Chumm, Heiland, chumm!

Sprüchli im Advent

am erste Sunntig:
Jetz brennt die ersti Cherze
an unsem grüene Chranz
un Angst un Winterschmerze
vergöhn vor ihrem Glanz.
Si sait is jo:
Bal isch s sowit!
Jetz fangt si a, die liebi Zit,
die schöni Zit
Advent.

am zweite Sunntig:
Jetz brenne scho zwei Cherze
an unsem grüene Chranz,
des Liecht chunnt uns an d Herze,
dört pöpperlet s un mahnt s
un sait: Mach uf!
Die großi Freud
wird no viil größer, lueg, selbzweit,
selbander
im Advent.

am dritte Sunntig:
Drei Cherze tüen jetz brenne!
Drei Zeiche sin si, gell,
wo uns jetz sage chönne:
Lueg, d Welt wird warm un hell,
wo chasch in Dunkle meh un meh
au Menschelüt wie Liechter seh,
wie Liechter
im Advent.

am vierte Sunntig:

Jetz brennen alli Cherze
an unsem grüene Chranz,
un abertausig Herze
gän sich drii gfange ganz
in s großi Liecht, wo rein un still
als Hoffnigszeiche wachse will
für d Mensche
im Advent.

E Spältli nur!

Dur s ganzi langi dunkli Johr
sin d Rigel zue am Himmelstor.
Jetz goht s ball uf – e Spältli nur –
un s luegt en Engeli dädur
un lütet mit em Glöckli sacht:
Si chunnt! Si chunnt, die Heilig Nacht!

E Liechtgang bi de Großmuetter

e Spiel für Chinder un großi Lüt

Persone

De Großvater

D Großmutter

D Enkelchinder Birgit un Anja

Di andere Chinder Katharina, Tina, Stefanie, Klaus, Daniel und Ronni

(Die Kinder sind alle zwischen 5 und 11 Jahre alt; es empfiehlt sich, sie bei ihrem richtigen Namen zu nennen)

Tante Ilse

s Wälderbäsli; Besuch vom Schwarzwald

Szenerie

Wohnstube der Großeltern

Ein Kachelofen, ein großer Tisch, eine Kommode, ein Lehnstuhl

Requisiten

Ein Lichtspan – Halter mit Lichtspänen

Eine Öllampe, eine Stall-Laterne, eine Petroleumlampe, ein Leuchter mit Kerzen, ein Wachsstock

Ein Scheibenstock mit Funkenscheibe, Ein Feuerrad

1. Auftritt: Großvater, Birgit, Anja kommen von rechts herein, sie tragen dicke Winterbekleidung mit Mützen und Handschuhen.

Großvater: So, chömmet, ihr zwei! Do inne isch es wärmer! Hüt pfiift eim de Belchewind schier d Seele us em Liib!
s goht halt nüt über de Großmuetter ihre warm Stübli!
(Er zieht den Mantel und die Mütze aus und trägt sie hinaus)

Anja: (wärmt am Ofen die Hände)
Meinsch, er macht s?

Birgit: (zieht den Mantel aus)
Wenn en du frogsch, däno macht er s scho! Für di macht er jo alles, de Großvater. Chumm, gi mer de Mantel, i hänk en usse!
(Anja zieht den Mantel aus, gibt ihn Birgit; Birgit geht nach links ab.
Anja holt Großvaters Strohschuhe hinter dem Ofen hervor.
Großvater kommt zurück)

Anja: Großvater, do sin diini Strohfinke! Si sin schön warm – si sin am Ofe gstande. Chumm, i zieh der d Schueh uus!

Großvater: Hüt han is aber guet!
(er setzt sich in den Lehnsessel; Anja kniet vor ihn, schnürt ihm die Schuhe auf, zieht sie aus und legt ihm die Strohpantoffeln an; Birgit von links.)

Anja: Du, Großvater? Verzellsch is e Gschichtli? Bitte!

Birgit: Au ja! Des wär fein!

Großvater: Eigentlich bin i jetz e weng müed noch unserm lange Marsch!
Un i ha euch doch unterwegs scho verzellt! Froget doch emol d Großmuetter, villicht weiß die öbbis?

Birgit: Die hät jo doch kei Zit – un so guet wie du cha halt niemer verzelle!

Anja: Bitte, Großvater, bitte! Des isch so schön, wenn du verzellsch!

Großvater: Schlaumeier un Kompanie he! Ihr meinet, ihr chönnte en alte Ma um de Finger wickle, was?

Anja: Bitte!

Großvater: Hänusedenn! An so me Winterobe cha mer eigentlich nüt bessers mache.
Aber zerst mueß i öbis z trinke ha, aß des Gürgeli nit bim Verzelle uuströchnet!
Gang, Birgit, hol mer e Chrüüsli voll Wii im Cheller – de weisch scho, us em chleine Fäßli, wo d Chatz druf hockt –
un bring no e süeße Sprudel mit für euch!
(Birgit geht nach links ab;
Großvater lehnt sich zurück und schließt die Augen)

Anja: Du Großvater?

Großvater: Hmm? Was gits no?

Anja: Dürfe d Katharina un d Stefanie und de Klaus au zuelose, wenn du verzellsch?

Großvater: Vo mir uus – wenn d Großmuetter nüt dägege hät.

Anja: Un de Daniel un de Ronni un d Tina?

Großvater: Chasch jo glii s ganz Städtli do iineschleipfe!
Gang, frog d Großmuetter – mir isch es gliich!

Anja: Au, danke Großvater!
(sie gibt ihm einen Kuß auf die Wange)

Großvater: Hau jetz ab, Schmeichelchatz un hol denn die Gsellschaft!
(Anja geht – er ruft ihr nach:)
Aber aß si alli d Schueh abputze, wenn si

chömme! I will kei Ärger mit de Großmuetter!

(Er schließt die Augen.

Birgit kommt zurück mit einem Krug und Glas, sie stellt beides auf den Tisch, geht wieder hinaus und kommt mit einer Saftflasche und mehreren Bechern zurück. Sie schenkt das Glas voll Wein ein und bringt es dem Großvater)

(Man hört draußen Anja rufen: Katharina, Daniel, Stefanie! Chömmet alli, de Großvater verzellt is e Gschicht!)

Birgit: Großvater, diin Wii!

Großvater: Brav, Maidli! Gib her!

(Er trinkt)

Ah, des tuet guet! Häsch dir au süeße Sprudel mitbrocht?

Birgit: D Großmuetter hät gsait, i soll Holdersaft bringe oder Brombeerisaft, sell sei guet, aß mer kei Schnupper kriegt un kei Halsweh!

Großvater: Do hät si recht gha! Sell isch besser wie süeße Sprudel.

D Großmuetter, die chennt halt die alte Huusmitteli no! Die hät si vo ihre Großmuetter glehrt!

Un wenn du emol e Großmuetter bisch, no chasch si diine Enkelchinder witerverzelle.

Muesch der si numme recht merke, die Sprüchli:

Tuet der Hals un Rache weh,
no gurgle mit Kamilletee!

Birgit: Oder mit Salbei, gell?

Großvater: Richtig! Oder:
Zibelesaft mit Honig drin,
hilft is, we mer heiser sin!
oder:
Häsch emol e dumme Mage,
chönnt er Wermettee vertrage!

Birgit: I weiß au e Sprüchli:
s best Rezeptli gege Herzwandrunzle
heißt: Dreimal täglich herzhaft schmunzle!

Großvater: (lacht)
Jo gell: Sell isch die besti Medizin, s Lache! Un am meiste hilft si, we mer über sich selber lacht:
Wer ab sich selber lache cha,
dem chroblet s Glück us alle Fuege!
Er bruucht jo bloß in Spiegel luege,
scho wird er öbis z Lache ha!
(beide lachen)

2. Auftritt: Anja, Katharina, Tina, Stefanie, Klaus, Daniel, Ronni – Vorige
(die Kinder kommen von rechts herein, sie geben dem Großvater die Hand und sagen »Gueten Obe«)

Großvater: Gueten Obe, gueten Obe! Schön, aß ihr alli z Liecht chömme!

Daniel: D Mamme hät gsait, do tät sie am liebste grad mitgoh!

Großvater: Worum häsch si däno nit mitbrocht? Gang renn un hol si!

Daniel: Si hät Bsuech! s Wälderbäsli isch wider emol do vo . . . (Ortsname).

Großvater:	Hä für die hä mer au no e Kaffitässli! Bring si Znumme mit, die weiß au no allerhand!
Daniel:	Au fein! (er rennt fort nach rechts)
Katharina:	Was heißt des »ihr sin z Liecht cho«, Herr Großvater?
Großvater:	(lacht) Herr bruuchsch nit sage zue mer. Ihr saget eifach alli »Großvater«, wenn i auch de richtig Großvater numme für die zwei Vögel do bi, für d Birgit un für d Anja, gell!
Klaus:	Si sin aber de einzig Großvater – suscht gits numme alti Opa un Oma!
3. Auftritt:	Großmutter – Vorige Großmutter kommt von links mit einem Korb voll mit Äpfeln, Nüssen und Dörrobst. Im Korb ist ein Nußknacker und noch einige Becher)
Großmutter:	Gueten Obe mitenander! So, do isch jo e liebi Vogelschar binenander! (Kinder antworten: »Gueten Obe«)
Anja:	N Obe Großmutter! Weisch de Großvater verzellt is e Gschichtli!
Großmutter:	D Birgit häts scho gsait! Gang, Birgit, dusse han i no e Chrueg mit Saft grichtet, des längt doch nit! (Birgit ab nach links, kommt gleich wieder mit einem Krug zurück) Aber sitzet doch au – do hinterem Tisch isch Platz! Un trinket, un esset Nüß! Wer cha am beste Nüß ufmache?
Klaus:	I!

Ronni: Nei, i!

Stefanie: Püh, Buebe un Nüß ufmache? No hä mer nüt as Bröckeli!

Klaus: Blödi Gucke! So guet wie du chönne mers scho lang!

Großmutter: Stritte dürfen er aber nit! Suscht verzellt de Großvater nüt, gell?

Großvater: Hä sell wö mer meine! Wer afangt händle, de wird eifach »chaltgstellt«.
So hän si s früehier au gmacht wenn si z Liecht gange sin. Wenn einer händelsüchtig gsi isch, no hät er müeße vor s Huus in Schnee stoh bis er abg'chüehlt isch.

Katharina: Was hän si do gmacht, wenn si »z 'Liecht gange« sin?

Großvater: Jaso, gell, sell han i no nit gsait: Also: Wie macht mer denn eigentlich »Liecht«?

Ronni: Hä sell isch chinderliicht! Mer druckt eifach uf e Chnopf oder drüllt a me Schalter!

Großvater: So isch es aber nit immer gsi!
Vor ungfähr hundert Johr isch z Amerika äne e Bueb gsi, de hät Thomas Alva Edison gheiße.
Wil siini Eltere armi Lüt gsi sin, hät er müeße am Morge früehi scho use, go Zittige vertrage. s isch aber immer dunkel gsi un er hät mänkmol Angst gha. No hät er denkt »Wenn i emol groß bi, no fang i s Liecht un sperr s in e Glas-Chugele wie ne Schuehmacher, aß es überall hell isch!«
Won er no groß gsi isch, hät er viili gueti Sache erfunde, vor allem die erste Cholefa-

delampe, wo mer hät Elektrizität in Liecht chönne verwandle dämit. Si hän em z Amerika numme »de Zauberer vom Menlo-Park« gsait.

Katharina: Was für Liecht hän si denn vorher gha?

Großvater: Ganz am A'fang di erste Mensche, die hän halt eifach e Stuck harzig Holz gno un hän e Fackle gmacht druus.

s offe Füür hät no mänki hundert Johr lang für e bizzeli Heiteri gsorgt.

Us de alte Schwarzwaldhüüser chennt mer no de Liechtstock . . .

(er geht hinter den Ofen, holt einen Lichtspanhalter und Lichtspäne und stellt sie auf. Er zündet mit einem Stück Papier den Lichtspan an; dabei erklärt er:)

. . . de hät mer ufgstellt. No hät mer e Stückli Papier zsämmegfaltet un a'zunde. Dem hät mer e »Fidibus« gsait!

Un . . . Hokus, Pokus, Fidibus! Scho hät de Liechtspo brennt!

Klaus: Des isch aber umständlich gsi!

Großvater: Un gföhrlich au. s hät immer öbber müeße nebedrastoh un ufpasse. Wegedem hät mer des Liecht numme dört gha, wo viil Lüt binenander gsi sin.

Großmutter: Un wegedem sin d Lüt au an de Winteröbe zsämmecho – emol bi dem Nochber – emol bi sellem. No hän sie chönne Liecht spare un sin binenander gsi. Si hän gsunge mitenander un Gschichte verzellt.

Lueget, do chömme d Tante Ilse un s Wälderbäsli, selli cha sich sicher no erinnere, wie s amig gsi isch an dene Liechtgäng.

4. Auftritt: Tante Ilse, Wälderbäsli, Daniel – Vorige
(Ilse, Wälderbäsli und Daniel kommen von rechts, die Erwachsenen geben der Großmutter und dem Großvater die Hand und begrüßen sie. Daniel drängelt hinter den Tisch zu den Kindern.)

Ilse: Gueten Obe un dankschön für s Iilade! I ha e Birewecke mitbrocht; er isch no ne weng frisch, aber schmecke würd er scho!

Großmutter: Vergelts Gott! De schniide mer grad a, wo so viil jungi Schnäbeli sin, wird er nit alt werde.

Großvater: Sitzet, sitzet!
Mer freuen is, Wälderbäsli, aß ihr wider emol do bi uns z (Ortsname) sin un e weng z Liecht chömme!
(Großmutter hat den Birnenwecken ausgepackt, sie macht mit dem Messer ein Kreuz auf die Unterseite)

Großmutter: Segne s Gott!

Wälderbäsli: Segne s Gott! Des find i schön, Großmuetter, aß ihr de Brotsege no pfleget.
Di meiste hützetag schniide s Brot a ohni Dank un Sege!
(zu Großvater)
I ha mer e Stallaterne gchauft, di alt isch mer ab em Heuwage gheit im Summer un isch ganz verbüület gsi.

	(Si stellt die Laterne auf den Tisch; Ilse hat sich auf das Sofa gesetzt; Großmutter teilt den Kindern das Birnenbrot aus)
Großvater:	E schön Stückli hän er do gchauft!
Klaus:	Was isch do drin?
Wälderbäsli:	Do isch Petroleum drin! i ha si glii fülle lo, wil i e lange Heimweg ha vo de Bahn un s wird scho dunkel sii, wenn i uf (Ortsname einer Bahnstation) chumm. Wön er emol seh, wie des goht?
Katharina:	Au ja! Darf i a'zünde?
Wälderbäsli:	Aber vorsichtig! s hät sich scho mänke d Finger verbrennt mit em Petrolium! (Katharina zündet mit Bäslis Hilfe die Lampe an; Bäsli setzt sich zu Ilse)
Großvater:	Mit Öl hän scho d Grieche un d Römer ihri Ämpeli us Ton gfüllt un hän Liecht dämit gmacht. De Fritz hät is e so ne Öl-Ämpeli mitbrocht us de Ferie – zeig enes emol, Großmuetter! (Großmutter holt aus der Kommode eine Öllampe und zeigt sie herum)
Großmutter:	Mer bruucht aber nit uf Griecheland fahre, we mer e Öl-Ämpeli seh will. In allene Kirche hänkt jo s »Ewig Liecht« am Altar, wenn s Allerheiligst dört isch. Sell sin au Öl-Ämpeli!
Ilse:	Doben an de Nordsee hän si statt Erdöl früehier Fischtran gno, vo de Walfisch! Die hän aber schlecht brennt un sin immer wider uusgange, die »Tranfunzle«!

Großvater: (lachend)
Wegedem sait mer hüt no in ere Frau, wo nit geschwind schafft oder i me Schuelermaidli, wo nit lehre will, si sei e »Tranfunzle«!

Ronni: (zu Stefanie)
So wie du eini bisch!

Stefanie: Püh! Du bisch au kei Kircheliecht, he! Ehnder en Armleuchter!

Großmutter: Also gstritte wird nit, ihr zwei! Suscht mueß euch de Großvater heimleuchte!

Anja: Großvater, worum hän denn die keini Cherze gno? Häts des no nit geh?

Großvater: Des isch e gueti Frog! Cherze chennt mer us Grabfund scho vom alte Ägypte. Viili tausig Johr vor Christus häts die scho ge.
Aber s sin numme die ganz riiche Lüt gsi, wo sich des Liecht hän leiste chönne.
Birgit: Worum? Cherze sin doch garnit tüür?

Großvater: Jetz nümmi!
Us was werde denn Cherze gmacht?

Klaus: Hä, die chauft mer halt im Lade!

Großvater: (lacht)
Schlaumeier!

Katharina: I weiß es! Cherze werde us Wachs gmacht, gell?

Großvater: Un wo chunnt s Wachs her?

Katharina: Villicht us ere Fabrik?

Daniel: Püh – us de Fabrik? s Wachs chunnt vo de Biene!
Gell i han recht, Wälderbäsli! Du häsch doch e Bienehüüsli hinterem Huus!

Großvater: Ihr hän beidi recht! Us em Wachs vo de Biene cha mer Cherze mache – un di erste Cherze sin au Bienewachs-Cherze gsi! Aber soviil Biene häts halt nit geh, wegedem sin die Cherze arg tüür gsi.

Erst wo Chemiker entdeckt hän, aß mer us Stearin un Paraffin au cha Cherze mache, däno häts Cherzefabrike ge, wo si hän billiger herstelle chönne.

Ilse: Was isch des eigentlich »Stearin« un »Paraffin«?

Großvater: Ganz gnau weiß is au nit. Stearin isch e Masse, wo mer us em Hammelfett gwinne cha un Paraffin glaub i macht mer us Chohle – wie de Teer oder des Plastikzüg, wo mer hüt hät.

Anja: Du Großvater, wie isch es jetz eigentlich mit dem versprochene Gschichtli?

Großvater: Hä jetz verzell i euch doch scho die ganzi Zit vom Liecht un sonige Sache. Isch des nüt?

Birgit: Hä jo, sell isch au interessant gsi – aber weisch, mir wotte so e richtig Gschichtli höre, wo au öbis los isch drin – wenn s au verloge isch, gell!

Großvater: (lacht)

Jetz los einer die Chrott do a! Also, no will i halt e Gschicht verzelle – un sogar eini, wo nit emol verlogen isch un wo s Liecht drin e großi Rolle spilt:

D Gschicht vom Liecht in de Hellewanderkapelle.

Hocken er alli guet?
Also, no chas jo losgoh!

Großmutter: Bruuchsch dii Buech, Großvater?

Großvater: Hä, i mein i cha s au ohni – aber sicher isch sicher – läng mer s halt!
(Großmutter holt ein Buch aus der Kommode und gibt es Großvater; dieser erzählt daraus die Geschichte: Liecht in de Hellewanderkapelle)

Stefanie: Jetz han i grad d Schnuufi müeße a'hebe, aß es dem Franz Ignaz Winterhalter guet goht!

Wälderbäsli: Mir isch es grad eso gange. I ha selli Zit vo de Hirtebuebe als Chind no miterlebt.
I ha au Füürli gmacht un Herdöpfel drin brote un Stei us de Weidfelder glese.
Un i ha au erlebt, wie wichtig s Liecht isch für d Lüt uf em Wald.
Mii Großmuetter hät e Wachsstock gha – so ne ganz langi dünni Cherze – die hät mer de Chindbettere um d Hand ummegwicklet, aß sie kei Fieber kriege!

Ronni: Was isch des, e Chindbettere?

Wälderbäsli: Des isch e Frau, wo e Chind kriegt hät – e Buscheli!

Katharina: Hät mer des im Chrankehuus gmacht?

Wälderbäsli: O nei – in sellere Zit sin d Chinder no däheim uf d Welt cho – do isch no kei Dokter gsi wit un brait – höchstens e Chindlisfrau – e Hebamme!

Großmutter: Jedis Chind hät e Taufcherze kriegt, die hät mer ufghobe un hät si als Hochzits-Cherze ufgstellt – mänkmol au als Sterbcherze.

Wälderbäsli: Bi uns hät mer d Kommunioncherze dört däzue gno un gsait »jetz leuchtet sie dem Gstorbene in Himmel iine!«

Großvater: Alti Brüüch häts überall geh, wo mit em Liecht z tue gha hän.

Denket numme an s Schiibeschla an de alte Fasnacht. Do dämit hät mer wölle noch de lange dunkle Winterszit s Liecht grüeße.

A mänken Orte hät mer ganzi Füürräder de Berg abetrole lo. Räder, wo mer mit Stroh ii'gwicklet hät, sell hät mer a'zunde.

Un wie selli Schiibe gfloge sin oder selli Füürräder grollt – je witer, je besser – so hät mer s Johr uusdütet.

Ilse: In de Schwiz un im Tirol gits au e schöne Bruuch. Dört bastle d Buebe us Brettli so chleini Schiffli un lege e Briefli drii mit ihre Weihnachtswünsch. No stelle si no e Cherze däzue oder e Windliecht, zünde s a un lön die Schiffli uf em See schwimme, mänkmol e paar hundert – de siht ganz toll uus!

Klaus: Au, des mache mir au – am Schwaneweiher!

Großvater: Bis mer no ein drinlit, sell fehlt no! Mer zünde liebe d Cherze am Christbaum a, gell!

Großmutter: Un singe ne Lied vom Liecht, wie sich s ghört an so me rechte Liechtgang.

(sie kann nun – je nach Möglichkeit – einzelne Anwesende auffordern, die Instrumente zu nehmen – Blockflöten, Gitarre o. Ä. – und zu begleiten)

s git jo schöni Lieder dodäzue, zum Bispil: »Am Weihnachtsbaum die Lichter brennen«

oder »E Flämmli glüeht, e Liechtli brennt«.
(Es werden nun Lieder gesungen – möglichst mit den Zuschauern)
(für den Schluß gibt es zwei Möglichkeiten):

1. Möglichkeit

Wälderbäsli: Des isch jetz emol wider gsi, wie früehier bi uns däheim. Vergelts Gott vilmol. I mueß jetz uf de Zug, suscht chumm i nümmi heim.

Ilse: I chumm no mit der an Bahn! Vergelts Gott – un gell: s nöchstmol chömme däno alli zue mir z'Liecht!
Chumm Daniel!
Un ihr andere chömmet au grad mit!
(Wälderbäsli, Ilse und die Kinder verabschieden sich von Großvater und Großmutter)

Großmutter: Vergesset eueri Mänteli nit un d Chappe! s isch chalt dusse! Un saget e Gruß däheim!
(Wälderbäsli, Ilse und die Kinder ab nach rechts –
Großvater setzt sich in den Lehnstuhl – Großmutter räumt den Tisch ab)

Anja: Des isch schön gsi!
(sie geht zu Großvater und umarmt ihn)
Großvater, du bisch »große Klasse«!

Birgit: Aber d Großmutter au! I hilf der däfür s Gschirr wäsche!

Vorhang

2. Möglichkeit

(Nach dem Lied geht plötzlich das Licht aus, es wird ganz dunkel.)

Kinder:	Was isch los? I han Angst! Großvater, wo bisch?
Großvater:	Numme kei Ufregig. Bliibet schön sitze! s wird halt d Sicherig putzt ha. I gang grad go luege!
Großmutter:	Nei lueget wer do chunnt! »Di heiligi Luzia«! (es folgt das Luzia-Spiel – siehe 13. Dezember)

s Liecht in de Hellewanderkapelle

De Franz-Ignaz Winterhalter hät e Chinderzit gha wie di meiste Buurebuebe im Schwarzwald. Im Summer hät er mit de andere Buebe zsämme s Vih ghüetet an de Steibüehlhalde un nummen im Winter sin si in d Schuel gmarschiert uf Iisebach dure.

s isch e lustig Lebe gsi uf de Weid, d Buebe hän Soldäterlis gspihlt oder Geißlechlöpfis, si hän mit de blutte Händ Forelle gfange im Täli-Bach un brötlet überem offene Füürli. Zwüschedure sin si de Chüeh un Geiße nochgrennt oder hän Stei zsämmeglese uf de Weidfelder un hän si uf selberbaute Wägeli am Waldrand obe zsämmegchärelet. De Franz hät d Idee gha, si chönnte dört im Weidheilige Sankt Wendeli e Kapelle baue. De Hellewanderbuur hät ene s zeigt, wie mer s macht un hät ene s Dach grichtet mit Muurpfette un Firstbaum.

s isch e bscheide Kapelleli worde ohni Turm un Glöckli; aber d Hirtebuebe sin stolz gsi druf wie de Abt vo Sankt Bläsi uf sii Chugelekirch. Un allemol am erste Adventssunndig sin si am Nommitag ufepilgeret un hän e Cherze dört azunde. Sell Liecht hät däno brennt bis an heiligen Obe, d Hirtebuebe häns nit uusgoh lo. Bi Wind un Wetter sin si ufegstiflet un hän wider neui Cherze ufgsteckt, won ene d Buursfraue rundumme uf de Höf gstiftet hän däzue. Un d Lüt im Täli, am Cholme un uf em Höchst hän gsait: »s Hellewanderliecht brennt – jetz isch ball Weihnachte.«

Anne achtzehhundertfünf isch des gsi. Do isch de Schwarzwald badisch worde – de Lüt isch es gliich gsi. Aber sell isch ene nit gliich gsi, aß de Kaiser Napoleon z Frankriich un de Kaiser Alexander z Rußland hinte mitenander Händel kriegt hän. Do hän nämlig die Lüt uf em Schwarzwald zerst müeße ihre Geld däzue hergeh, däno d Rösser un zletzt au no ihri Buebe als Kanonefueter.

Au de Franz isch Soldat worde un hät müeße mit de badische Brigade uf Rußland hintere zieh. Er hät miterlebt, wie de Kaiser Napoleon z Moskau iimarschiert isch un wie d Russe die ganzi schöni stolzi Stadt a'zündet hän, aß d Franzose kei Dach meh gha hän überem Chopf un kei Holz zum sich wärme dra im chalte Winter anne zwölf. Er hät müeße erlebe, wie die großi Armee vom Napoleon hät müeße zrucktüermle im Schnee un Wetter un wie di Tote hüffewiis an dem Weg glege sin. A me Fluß, wo Beresina heißt, hän di badische Soldate de Franzose de Rucke deckt, aß si hän chönne übersetze; sechstausig bravi Badener sin dört gfalle im Kampf gege di wilde Kosacke un di meiste andere sin verwundet worde.

De Franz isch bi de letzte gsi, wo sich hän wölle rette über die schmali Holzbruck. Do isch e Granate cho un hät die Bruck troffe. Si isch zmits abenanderbroche un e paar hundert armi Teufel sin in de Fluß gheit, ein dävo isch au de Franz gsi. Zwar hät er sich no chönne uf e großi Iis-Scholle ufezieh aber däno isch er ohmächtig worde vor Chälti un Überastrengig.

Zwei Tagfahrte unte an dem Schlachtfeld hät de Fischer Igor am Fluß gwohnt mit siinere Frau, de Mascha. Si sin scho alt gsi; ihri zwei Buebe sin Soldate gsi bi de Russe, si hän scho lang nüt meh ghört gha von ene.

De Igor isch an de Beresina gstande un hät mit ere lange Stange Holz gfischt un allerhand Sache, wo do flußabtribe sin wege sellere große Schlacht. Uf eimol hät er de Franz gseh uf siinere Iis-Scholle ganz noch am Ufer abetriibe; er hät mit em Hoke dureglängt un hät en zue sich herzoge. »Dem siini Chleider chan i ämend bruuche, e Tote friert jo nümmi!" hät de Igor denkt.

Won er aber gseh hät, aß de fremdi Mensch no lebt, do het er en am liebste wider ins Wasser gworfe. Zum Glück isch d Mascha däzuecho. Die häts nit glitte; si hän de Franz selbander ufetrait in ihri Hütte, dört hät d Mascha de wildfremdi Mensch verbunde un gwäsche un gfueteret. Un wo de Fischer Igor bruttlet hät, wil si so öbis macht a me Feind, do hät si numme gsait: »E Mensch in de Not isch nie e Feind! Lueg Igor, i mein halt, unse Herrgott siht s – un unseri Buebe sin au dusse un chönne nüt däfür!«

De Igor isch am nöchste Tag zum Pfarrer gange un hät em alles verzellt. Un de Pfarrer hät si beidi globt un gsait, si solle nume de fremdi Bursch eso lang bhalte bis er gsund isch, däno chönnt mer en allewiil no ablifere als Gfangene – chranki Lüt heb der Zar scho selber gnueg.

So hän si s gmacht. Un s isch Früehlig worde un Summer un Herbst. Aber je gsünder de Franz worden isch, um so meh hät er dene zwei alte Lüt ghulfe un hät sich so gschickt un bscheide a'gstellt, aß si s nit über s Herz brocht hän, de Bursch bi de Polizei z melde.

So isch es wider Winter worde un Advent. Un de Franz hät e groß Heimweh gha un mänkmol denkt: »Ob wohl s Liecht in de Hellewanderkapelle no brennt?«

Emol in de Nacht hät's em träumt, de Vater tät dobestoh an de Kapelle un tät em rüefe. Won er verwacht isch, isch kei Vater meh dogsi un kei Hellewanderkapelle, aber gruefe hät s all no. Do hät de Franz de Igor gweckt un si sin schnell abegrennt an Fluß. D Beresina isch dört ganz zuegfrore gsi, mer hät chönne z Fueß vom einde Ufer ans ander laufe uf em Iis.

Am Ufer unte isch e Schlitte gstande un e paar Männer däbii, wo ufgregt ufs Iis ussezeigt hän. Im Mondliecht hät mer dört en andere Schlitte gseh, wo iibroche gsi isch im Iis un druf un dra am Untergoh, wil d Rösser gstampft hän wie närrsch vor Angst.

De Franz hät zwei langi Stange gno un isch ohni viil Werweiße ussegrennt go helfe. Er hät die Stange quer unter de Schlitte gesteckt un isch druf vüreturnt. Z erst hät er d Rösser losgmacht, aß si nit no meh s Iis verstampfe chönne; si sin au glii lospreschat ans Ufer dure.

De Franz hät de Ma, wo im Schlitte gsi isch, vorsichtig useglüpft; däno hän si mit viil Müehi un Gfohr au no de Kutscher freigmacht, wo mit em rechte Arm zwüsche Schlitte un Iis iig'chlemmt gsi isch un ohmächtig vor Schmerz un Schrecke.

O Muettersproch i me fremde Land, wie chasch du eim in d Seele gheie wie ne Sunnestrahl!

Wo si de armi Mensch endlich us siinere schreckliche Lag freikriegt hän, hät de Franz gsait: »Gott sei Lobedank!« Do hät de Fremdi us em Schlitte druf gsait: »Jo! Gott sei Lobedank! Un sin ihr gar en Schwarzwälder?«

Jetz denket: De Fremdi us em Schlitte isch en General gsi vo de Franzose, aber e gebürtige Kehler, un er hät e Muetter gha us em Simmiswald obenabe. De General hän d Russe gfange gno gha – jetz hät en de Napolion wider uusg'löst gege russischi Offizier, wo bi de Franzose gfange gsi sin. »De alti Gott lebt no!« hät er gsait un im Franz d Hand druckt. – Wo si aber de Kutscher ans Ufer durebrocht hän, do isch d Verwunderig un d Freud no größer gsi. Isch nit de Kutscher ein vo de Söhn gsi vom Igor un de Mascha? Un hän si nit ihn uusgsuecht gha, wil er de Weg g'chennt hät über d Beresina?

Si hän nit lang überlege bruuche, wie s witergoh soll. Am nöchste Tag hän si de iibrocheni Schlitte us em Iis gholt; de Franz hät im Igor un de Mascha Lebwohl gsait und Vergeltsgott – ER häts wäger scho vergulte gha –, däno isch er als neue Kutscher mit dem General heimiszue gfahre. Un d Mascha hät wider öber gha zum gsundpflege.

Er isch aber no lang nit in Schwarzwald cho, de Winterhalter Franz. De Franzosegeneral hät en nämlig mitgno uf sii Schloß als Verwalter und dört hät er en Elsässer Maidli chenneglehrt un ghürote un si hän e flott Lebe gha mitenander.

Aber wo s über s Johr wider Advent gsi isch, do häts en packt, de Franz. Er hät zue siinere junge Frau gsait: »Lisette, i cha mer nit helfe, i mueß emol heim go luege, ob miini Eltere no lebe un ob s Liecht no brennt in de Hellewanderkapelle.« Er hät siin beste Gaul gsattlet un isch z Kehl über d Bruck un im Schwarzwald zue gritte.

s isch all no Chrieg gsi. Jetz sin d Östriicher un d Russe am Rhii glege. Unter de Soldate häts viil geh, wo in dene lange Chriegsjohr verwilderet sin, mänke Soldatehuffe isch schlimmer gsi wie ne Räuberbandi. So me Huffe isch de Franz ind Händ cho, won er scho fast däheim gsi isch. Si hän en ohni viil Froge uusplünderet, hän em s Roß gno un de Mantel un hän en no halber tot gschlage.

Stundelang isch er im Wald ummeg'irrt un fast wär er verfrore. Do hät er uf eimol gseh e Flämmli ufleuchte ganz in de Nöchi. D Hirtebuebe hän s Liecht ufgsteckt in de Hellewanderkapelle.

So isch de Franz Ignaz Winterhalter grettet worde dur de schöni Bruuch, won er selber hät ghulfen erfinde als Hirtebueb im Schwarzwald. Siin Großsohn, de Flori vom Jostal häts miim Urgroßvater verzellt, wo si mitenander Holz gmacht hän an de Wißtannehöchi.

Frau Holle

Frau Holle schüttelt die Betten aus –
Frau Holle, Frau Holle –
das sieht so leicht und lustig aus,
als fielen aus dem Himmelshaus
Flaumenfederchen und Wolle!

Sankt Niklaus rüstet sich zur Fahrt –
Sankt Niklaus, Sankt Niklaus –
Eiszapfen hängen ihm am Bart,
der Schlitten knarrt, der Schimmel scharrt,
Sankt Niklaus fährt das Glück aus!

Wer hat sein Fenster aufgemacht?
Das Christkind, das Christkind –
Es winkt uns zu und jauchzt und lacht:
Bald kommt die liebe Heilige Nacht,
wo alle Menschen gut sind, ja gut sind!

Zünd e Cherzen a!

Zünd a! Zünd a! Zünd d Cherzen a
un lueg ins goldig Liecht!

Jo, lueg ins goldig Liecht un träum e bizzelli däbii.
Lueg über s Johr zruck un denk – un dank:
für alles, was es dir an Schönem un Guetem brocht hät,
für Freundschaft, Liebi, für s tapfer Mitenanderschaffe,
für selli Stunde, wo prallvoller Lebe gsi sin.

Denk an d Begegnige mit guete Mensche,
denk an liebi Wort un Brief, an gueti Gspröcher,
denk an d Lieder, wo de gsunge häsch,
an schöni Träum, wo häsch chönne träume;
denk an d Freud, wo mer dir gmacht hät mit Wille
un an selli Freud au, wo du häsch andere mache dürfe.

Nei, d Sorge, wo di druckt hän, sottsch nit vergesse,
au d Schmerze nit, wo di quält hän am Liib un in de Seele.
Vergiß au nit, aß nit alles recht gsi isch, was gmacht häsch,
vergiß nit, wie mänkmol kei Geduld gha häsch für di selber
un für alli neben an der!

Denk – un dank!

Leg alles in die Cherzeflämmli, aß es ufeleuchtet
zue dem, wo der s gschickt hät!

Zünd a! Zünd a!

Zünd neui Hoffnig a un neue Muet un neue guete Wille!

De Fride chunnt us em guete Wille, hän d Engel gsait!
Du häsch es in de Händ im gsegnete Advent!

Mit offene Hände

Göhn mit offne Hände
ufenander zue,
soll die Welt sich wende,
mueß mer öbis tue!
Lueg, die Weg un Gräbe
in de offne Händ
sin für s Menschelebe
Zeiche, wo mer chennt,
Zeiche, wo mir eige,
ganz mir eige sin,
un doch andre zeige,
was i sinn un spinn.
Wenn i frei un offe
zue me andre gang,
chönne beidi hoffe:
D Liebi lebt no lang.
Us de offne Hände
ströme Chraft un Muet.
Wenn die Sege spende,
no würd s Lebe guet.

E Flämmli glüeht
e Adventsliedli

Wort und Wiis: Gerhard Jung

E Menscheherz, sei s no so chlii,
chan au eso ne Flämmli sii,
wenn s numen all in Leid un Freud
für andri Liecht un Wärmi trait.
Trait s nit de Früehlig au im Grund,
wenn s warte cha, bis d Liebi chunnt
un weckts un zänzlets fiin un liis
ans Liecht wie s Blüemli us em Iis?
O Mencheliebi, stilli Chraft,
wo zmits im Winter Lebe schafft,
wie machsch is du so riich un froh.
O chönntsch doch allwiil zuen is cho!

Suech nit s Dunkli

Wort un Wiis: Gerhard Jung 1986

gisch, im an - dre gits vil - licht meh
mag! Un soll glii al - les morn ver -
d Nacht. Ver - trau uf Gott! Ha d Men - sche
Muet! Un Muet ge sell isch im - mer
goh, Hüt isch de Baum zum blüeh-ie
lieb! No isch Dii Le - be nie meh
1.
2.
guet! Un Muet ge guet!
do! Hüt isch de do!
trüeb! No isch di trüeb!

Guet-Nacht-Liedli

aus »Ein Schatz im Hotzenwald   Wort un Wiis: Gerhard Jung

Im Advent

Im Advent
hän di meiste –
wenigstens selli, wo sich s chönne leiste –
en Adventschranz uf em Tisch,
wo us Tanneriis isch
mit Cherze dra – vier Cherze.

Un wer en Eifamiliehuus hät
un dävor e Garte
un e Tannebaum im Rase,
de chas kuum verwarte,
bis er cha di elektrische Cherze a'zünde –
vierezwanzig Cherze – oder achtevierzig –
un er will allen andere öbis verchünde:
Ebe,
aß er en Eifamiliehuus hät un e Garte
mit e me Tannebaum im Rase
un e christlich Gfüehl in de Brust.
Schließlich hät mer sell doch nit umesuscht,
oder?

Im Advent
stelle mer in allene Kirche
schöni Krippen uf
mit holzgschnitzte Figure:
Hirte un Buure,
de Josef mit de Laterne
und Maria im blaue Mantel
un s Chind uf em Stroh
un rund um die umme tüe mer däno

Cherze a'zünde – hundert Cherze –
zweihundert Cherze.
Aß mer s jo nit merke, wie finster s isch
in de Kirch
un in unsere Herze.

Im Advent
kriege mer alli als emol e so ne ganz komisch Gfüehl,
wo eim sait, mer müeßt öbis anders mache,
als numme all die übliche Sache,
als Cherze a'zünde un Zuckerbrötli bache.
Mer spüre: We mer s Rechti tue will, mer cha s!
Wer aber weiß richtig: Wo? Wie? Un Was?
Mer hät doch miseel fast kei Zit zum Denke
vor luter Überlege,
we mer öbis mue schenke
uf d Wiehnächt –
s wird doch alli Johr schwerer,
wo doch alli alles hän!

Im Advent kriege mer mänkmol e weng de Moralisch
un merke,
aß die Welt e ganz elend Spital isch,
wo s Wunde un Eiter un Schmerzeschrei hät.
Un zwenig Personal, wie überall.
Aber was nutzt der,
wenn de tuesch s Hirni verrenke?
Muesch denn diin Wert
all an de Welt dört usse messe?
Darfsch denn nit au emol s Elend vergesse,
wenn s dinne noch Tannriis un Springerli schmeckt?
Dört usse isch s allewiil windig

un allewiil chalt,
au wenn du s letzt Hemm tätsch ab em Füdle verschenke.

Dört usse isch s allewiil windig un chalt.
Aber mir Christe kriege doch im Advent
allmol au wider e Schüpfli zum Fride,
e bizzeli Glaube
un e Hämpfeli Hoffnig
un nit wenig Liebi –
dank em drizehnte Monetsgehalt.

Jetz saget doch,
ob mer denn meh mache chönnt
as was mir scho mache
im Advent? Wo? Wänn?

Sibe Engel

Sibe Engel han i gseh,
Gwänder a so wiß wie Schnee
aber bleich wie Gspenster;
zwüschem Waresortiment
stöhn si mit verchrampfte Händ
in de Gschäfterfenster,
vo de Giir dört anegstellt
in die falschi Flitterwelt –
Engel!
s hät mi gfrore.

Sibe Engel han i gseh.
Kein sait selli Botschaft meh:
D Liebi isch gebore!

Sibe Gstalte chalt un stumm
froge di: Worum, worum
bruuchen ihr die Zeiche?
Wönn ihr Mensche mit dem Lug,
mit dem gschäftige Betrug,
innedrin erreiche?

Innedrin, ganz inne, dört,
wo de Mensch sich selber ghört,
innen in de Seele?
Wüsset ihr am Gabetisch,
aß de Mensch kei Mensch meh isch,
wenn er em die stehle?

Sibe Engel hä mer s gsait
D Seelen isch s, wo s Menschsii trait,
wert, aß mer s meh achti.
Sibe Engel stöhn für di
do als Fridegrueß.
Gang hi
un sei du de achti!

Fragen

Wird auch in diesem Jahr aus dem wahren Gott
ein Warengott?

Sind die Lichterketten über den Straßen
Zeichen der Wohlstandssklaverei?

Beten wir auch in diesem Jahr
die Futterkrippe an?

Wird Weihnachten
ein Fest der Lüge sein?

Oder wird doch irgendwo
unter dem Schnee der Bitterkeit
der Same der Hoffnung aufgehen?

Wird doch irgendwo im Wind der Verzweiflung
eine Engelstimme verkünden
»Friede auf Erden«?

Wird doch irgendwo
die Blume der echten Menschlichkeit
aus dem Eis blühen?

Bei Dir? Bei mir? Bei uns?

Wo?

Uusgrechnet jetz

Uusgrechnet jetz!
Numme no fufzeh Tag bis Weihnachte,
un jetz des!

Was sin au ihr für Chinder?
Gschenker, sell wott ener, gell?
Öbis anders hän er nit im Chopf!

Nit emol go iichaufe cha mer euch schicke,
alles bringet er verchehrt!

Jetz chan i wider selber in Lade seggle!

Nimmt mi nume Wunder,
wenn i no miini Zuckerbrötli bache soll!

Aß mer aber an euch au gar kei Hilf hät.

Nüt aß großi Rosine im Chopf!
Asprüch stelle – sell chönnen er!
Was krieg i? Was schenksch mer?
Des isch alles, was er wüsset.

Wo mir no Chinder gsi sin,
meinet er, do hets au sibenerlei
Weihnachtsbrötli ge?

Do hät d Muetter e Schnitzwecke bache –
un dodämit hätts es gha – basta.
Unseri Muetter hät nit eso ne Gschiiß müeße
mach wie n i!

Aber mir sin dankbarer gsi!
Mir hän is scho gfreut, wenn si amig emol
am en Obe e weng mit is Halma gspilt hät
oder si hät is Gschichtli verzellt.

Aber ihr – nüt aß Gschenker hän er im Chopf –
un guet Esse –
Un i cha seggle!

Sag emol, was häsch du eigentlich für d Oma
uf Weihnachte?

Was? E Bild gmolt? Des häsch doch s letzt Johr
au scho! Dir fallt denki au nie öbis Neus ii!
Wo der d Oma alljohr fufzig Mark schickt!
Du sottsch di schämme!
E Bild gmolt?

Un des uusgrechnet jetz.
Fufzeh Tag vor Weihnachte!

Aß anderi au chönnte Wünsch ha, do dra denket
er nit, gell?

Was soll i? Halma spile mit dir oder
e Geschichtli verzelle?
Uusgrechnet jetz?

Uusgrechnet, wenn i mueß in Konsum seggle,
will mer du di lätze Rosine brocht häsch?
Halma spile!
Meinsch i het nüt bessers z tue?

Für d Tante Elis han i au no nüt!
Un rechne der doch emol uus, was du s ganz
Johr über kriegt häsch vo de Tante Elis!
Alles draiht sich jo numen um euch.

Aber ihr?
Nüt aß Gschenker im Chopf un so Züg.
Halma spile? Des fehlt mer grad no.

Jeregott, was schmeckt do eso?
Jetz si mer verdeggel no d Zimmetstern
abrennt!

Nume, wil mer allewiil mueß schimpfe!
Nume, wil mer an euch eifach kei Hilf hät.

Des cha jo wider e Weihnachte werde!
I bi froh, wenn s umen isch!

Was?
Du au?

Jetz los die undankbari Gsellschaft a!
Un des fufzeh Tag vor Weihnachte!
Uusgrechnet jetz!

6. Dezember: St. Nikolaus

De Heilig vo Myra

Gott grüeß euch froh in dere Stund,
ihr chleine un ihr große Chinder.
Wie hän ers? Wenn de Niklaus chunnt,
chlopft euch no s Herz e weng, ihr Sünder?

Chan euch die heilig hochi Gstalt
no öbis echt ins Gwisse sage?
Gell, mer tuet mänks, was guet un alt,
vernütte hüt in unsre Tage.

Mer siht halt all de üßer Schii
un meint, s wär numme grad für d Chinder.
Meinsch nit, mer übersiht däbii
de tiefi, dunkli Sinn dähinter?

Weisch wer er gsi isch, selle Ma,
wo mir hüt alli gern dra denke?
Un rüehrt euch wohl sii Gschicht no a,
e Gschicht, wo mer sott Achtig schenke:

Vor guete sechzehhundert Johr,
do isch emol e großi Gfohr,
e Hungersnot cho uf e Stadt
am Mittelmeer. Un de Senat,
wie mer dört denk de Gmeirot heißt,
hät g'rote, g'förschlet un g'werweißt,
was do jetz no bi dem Malheur
z verändere un z rette wär.

Si hän en Bischof z Myra gha,
e riiche, zimmli junge Ma,
dä hän si au um d Meinig gfrogt
un hän en zimmli bstürmt un plogt.
Do hät er gsait: Uns cha nüt rette,
als mit Vertraue goh go bätte!

»Gang hau bloß ab mit dene Lehre!«
hän si druf gsait, die feine Heere,
»mit Päppere un mit Düümli drülle,
wirsch kuum im Volk de Hunger stille!«

De Bischof hät siin Riichtum g'holt,
e mänke Wage voll vu Gold.
Er isch dämit an s Meer, an Strand.
Dört isch er anegchneut in Sand.
un hät de Himmel bstürmt mit Bätte:
»Herr, hilf is doch! Du chasch is rette!«

Zerst chneut er muetterseelällei,
no chömme zwei un nomol drei
un mache s grad eso wie er;
un s werde mehr un allewiil mehr,
wo chömme, ihri Gabe bringe
un anechneue, bätte, singe:
»Erbarme!« singe si, »Erbarme!«
Hilf unsre Chinder, dene arme.
Us ihrem Stammle wird e Sturm:
»Erbarme Herr! I bin e Wurm,
wo unter diine Füeße stöhnt!«

Des schluchzt un stammlet, brüelt un dröhnt.
Un über allem, eismol frei
en einzig helle, lutte Schrei:
»Dört usse – lueget, dört am Riff –
e ganzi Flotte Schiff an Schiff!«

Si ruefe, blose mit em Horn.
Un Schiff um Schiff, vollpackt mit Chorn,
lauft mächtig in de Hafen i.
Des isch e Gschrei, e Jubel gsi!

Bloß eine isch ganz liis dävo
un hät di andre fiire lo.
De, wo am meiste um si bangt,
hät still däheim siim Herrgott dankt.

Sait euch de Nikelaus des no?
Chan er euch no e Bispihl lehre?
No darf er s nöchst Johr wider cho
un euch si bscheide Chrömli bschere!

Guete n alte Bruuch

Im Schwarzwald isch s e guete Bruuch,
aß in de spote Dämmerstund,
wenn s dusse windig isch un ruuch,
de Nikelaus in d Hüüser chunnt.
Als hochi, feierlichi Gstalt
chunnt obenabe er vum Wald,
wo d Bäum kuum d Schneelast zwinge.
Er goht durch Winternot un -gruus
mit festem Schritt. Un will in s Huus
de Wiehnächtssäge bringe.

So sottsch au du sii, Menschechind,
wenn d Not rund um di schreit,
wenn d Welt vum Niid un Hasse blind
in Ängst un Sorge schier vergheit.
No sottsch au Segetrager sii
Liechtbringer us em warme Schii
vom Schöne un vom Guete;
sottsch wie de heilig Niklaus cho,
Freud bringe. s git nie gnueg dävo,
s git nume zueviil Ruete.

s git nume zueviil Trotz un Wuet
un Bittersii un Wundeschla
im Eigesinn un Übermuet.
Ihr Menschechinder, denket dra:
Wenn froh sii witt in dere Welt,
mach andri froh! Ällei sell zellt!
An dem isch alles glege.

Mit Rechtha-wölle, Wuet un Trutz
bisch dir un andere nüt nutz.
Bloß d Liebi trait de Sege.

Zuenandergoh! Enand verstoh!
Sell sait de Niklaus zue der, lueg.
Mit Wille sich verstoh macht froh.
Häsch du vo sellem Wille gnueg?
Sag jede Morge, wenn verwachsch:
Gib Sorg, aß hüt mit andre lachsch!
Aß andri Freud hän an der!
We mir de Niklaus so verstöhn,
würd unser Lebe riich un schön,
no schaffe mer s mitnander!

am 09.12.91 gelesen

Was de Nikelaus z sage hät

Gott grüeß euch
do im warme Stübli.
s tuet guet, do an de Wärmi sii.
Des Chaibewetter duss, des übli,
schießt eim in Rucke un in d Chnüü.

Gell jo,
mer isch halt nümm sibzehni,
we mer scho tausig un sechshundert Johr
uf d Erde chunnt. Drum stöhn i
denkwohl mit Recht, sell isch gwiß wohr.

s würd halt all schlimmer, des Rheumatisch.
Kei Wunder, we mer all so friert
un numme selte richtig satt isch,
sit au im Himmel gschmürzelet wird.

Im Himmel gits kei Rentnerlebe
au nit noch sechzehhundert Johr,
do darfsch nit uf em Scheslo chlebe
bloß wege e paar graue Hoor.

Do heißt s: Sankt Niklaus, allé schick di!
s isch wider Zit für d Erdefahrt.
Zieh d Händschen a – s sin engelgstrickti
un putz de Nektar us em Bart.

Jo, jo, mer goht im Himmel
mit alte Lüt nit subtil um;
alljohr heißts zottle, mit diim Schimmel
Un de isch lendelahm un chrumm.

Im Himmel gohts halt, weiß jo jedes
recht dünn un armetselig zue.
Meinsch du, de Herrgott fahr Mercedes?
Dem mueß s en alte Fiat tue.

De chlöpft un spuckt, s isch nit verloge
wie so ne Bulldog, glaubsch es doch?
Un d Hinterachs isch ganz verboge
un schlaht bi jedem Wolkeloch.

Un d Milchstroß tuet äfange staube!
Do ghört halt endlich Asphalt hi.
Nei, nei, ihr chönnets ehrlich glaube
de liedrigst Tschob isch – Heilige sii!

Doch will i mi jetz nit bechlage.
I tue mii Pflicht. I ha no Schneid
un weiß: Mer mueß sii Päckli trage
un s werde niene Rose gstreut.

Drum chumm i euch e Freud go bringe,
so guet un schlecht i s halt no cha.
I wünsch euch do vor alle Dinge,
Ihr möget Fride mitnand ha.

Wenn selle herrsche soll uf Erde,
nit numme Haß un Angst un Stritt,
no mueß er zerst im Stübli werde,
no chan er wachse, Schritt um Schritt.

Do muesch dra schaffe! Muesch der merke:
s fangt alles bi eim selber a!

Gisch du dir Müehi, in Wort un Werke,
wird d Welt au vo dir Sege ha.

Un ohni Sege gits halt, gell, do nide
kei Glück. Mer wisse s numme z guet!
Drum wünsch i euch de Muet zuem Fride,
wo s Gottvertraue hebe tuet.

Mit Muet für s Guet un Gottvertraue
wird s Lebe recht un isch imstand
e Welt im Liecht vom Fride z baue.
Gott bhüt euch alli mitenand!

De Nikelaus sait:

Gott grüeß Euch alli! I bi do!
Z erst han i garnit wölle cho.
I ha mer ganz fest vorgno gha:
Disjohr fang i mit streike n a.
Was saget er? De Niklaus soll sich schämme,
e Heilige un Streike passi gwiß nit zsämme?
Des meinet ihr! De heilig Ma, luegts vun're andre Site n a:

We mer so siht, wie in de Gschäftli-Schlacht
vor Wiehnächt mer de Popanz macht
vum Nikelaus, uf Schritt un Tritt
wie mer em Fasnachtsfetze git
un loßt en i me Kaufhuus do
als billige Jakob ummegoh,
zeigt en im Fernseh als Reklami
für Seipfipulver un Salami
für Unterwösch un Chatzefueter.
In jedem schlechte Witzblatt tuet er
eifältig schwätze, d Stege n abegheie,
im Radio mueß er Schlager schreie
un e Illustrierti zeigt en – blutt!

So goht di letzti Freid kaputt.
So zieht mer s Heiligst ring in Dreck
us Eigenutz für Gschäftlis-Zweck.
Was Wunder, wenns so mit de Zit
bloß no »Studentenikläus« git,
wo sich de Spaß guet zahle lön,
vu dem sie suscht nüt wisse wönn.
Un aß e Mensch vum alte Schlag
de schöni Bruuch nümm zeige mag?

Ganz ehrlich, i ha denkt: I streik!
Doch ha mer halt au gsait: »s isch feig,
we mer sich dere falsche Welt
nit grad zuem Trotz entgegestellt,
un nit als Bispil anegoht
un für si gueti Sach i'stoht
un sait, was eim nit gfalle tuet:
Wer bloß im Spott un Übermuet,
di alte Sache so vernüttet,
de vergiftet un verschüttet
di letzte Quelle vu de Freud
un vu de echte Menschlichkeit
un zündet als bornierte Tropf
sich s Dach a, üb'rem eigne Chopf!

Lüt! Lön euch nit für dumm verchaufe!
Wenn si euch au »altmodisch« taufe
un sage s wär e Chinderei:
Wer wie ne Chind cha sii, isch frei!
E Chind nimmt s Lebe, so wie s chunnt,
im Chind ällei isch s Gmüet no gsund
sell bruucht kei Machi un kei Modi
wie mänki gschiiti Lebig-Toti!

Wer Freud hät, nit am Matrielle,
am Cherze brenne, Glöckli schelle,
am Krippli baue un am Bäumli schmücke
un liebe Mensche Händsche stricke
un Gutsli bache – alles zuem Verschenke;
wer nit ans »großi Gschäft« will denke,
sell isch e Mensch wo Dank verdient vu alle Mensche –
nit nume wege dene selbergstrickte Händsche.

I bi wider do!

Grüeß Gott mitenander. I bi wider do!
Eigentlich het i jo nümm bruuche cho.
Si hä mer in de Personalstell dört obe gsait,
si wäre mi Bruttlerei endgültig leid
un s gäb uf de Erde grad übrig Studente,
wo für mi de »Weihnachtsmann« spile chönnte.
Di Heilige seie momentan wenig gfrogt.

O Heiland! I bi uf re Wolkebank ghockt
als Pensionär, noch schier tausig Johr.
I sag euch: do chunnsch der scho komisch vor.
Si sage dört obe, des wär jetz modern,
i brüüch nümmi tschudre un schaffe wie fern,
i soll mi nume uf s Scheslo dört lege
un miini müede Scheiche recht pflege.

I ha s jo probiert. Mei, mir isch s vergange.
Im Himmel isch e gruusige Lebtig äfange,
fast wie uf de Erde. Si tüen wie verruckt.
D Stern werde wie Möbel ummenanderdruckt.
Großputzete macht mer uf d Weihnachte zue,
as he mer die Zit nüt anders zum tue.
Des dreiteufelspfitzgrüeni Engelisvölkli,
die jagen uns Heil'ge vo Wölkli zue Wölkli,
wo de gohsch un stohsch bisch ebig im Weg,
die strupfere d Milchstroß scho sit vierzeh Täg.
De groß Wage wird gschmiert un du kriegsch däbii
zletzt Chaareschmiri an Heiligeschii!

»Nei«! Han i mir gsait, »des mach i nit mit!
Jetz isch doch Advent un nit Putzteufeliszit!
De heilig Advent isch e Rüngli zum Bsinne

un gmüetlich un froh sii im Liecht-Stübli inne.
nit zum mit em Putzlumpe umenandschieße.
Meinsch, de Josef het sellmol de Stall putze müeße,
naß ufzieh un d Bälke un d Simsel abstaube?
Die hän nit dra denkt, sell darfsch mer scho glaube.
Bloß warm ha hät er wölle, de Herr Jesus Christ.
De hät sich nit gstört am e Hämpfeli Mist.
De Ochs un de Esel, die chenne jo nüt –
aber d Engel? Die spinne, as wäre si Lüt.«

Jetz hetsch des Gschrei und des Gschimpf sotte höre:
I sott mi beherrsche, nit ufbegehre;
im Himmel wär Ornig, un die pensionierte Alte
sollen uf d Site, un s Muul solle si endlich halte.
Mei, i ha de Lätsch g'hänkt. Eso chas eim goh.
Zum Glück für mi isch no grad s Christchindli cho,
hät mi an de Hand gno un hät zeigt, wo ganz frisch
zwische de Wolke e Schlupflöchli isch.
»Gang Niklaus, gang abe! Die merke des nit!«
häts Christchindli gsait: »Nimm e bizzeli mit
vo de alte selige Gmüetlichkeit.
Weisch selli isch schöner as d Herrlichkeit
mit Neonliechter statt Wachs-Cherze-Schii.
Gell s isch halt e Not mit de Demokratie,
do hät bigölster in unsere Tage
im Himmel der Herrgottssohn au nüt meh z sage.

Gang, heiliger Rentner, un bring e ne Muet
un d Freud, wo dört unte so mangle tuet!«
»Vergeltsgott!« han i gsait, »du heilige Christ!
Du häsch e Herz für uns Alti, sell han i scho gwüßt«,
ha s Eseli packt un bi uf un dävo –
Rentner hi, Rentner her – I bi wider do!

Chinderwünschli an St. Nikelaus

Du liebe, guete, heilige Ma,
Sankt Niklaus, los mii Sprüchli a:
I bi zwar chlei un weiß es nit,
ob s wohl im Himmel öber git,
wo meh als uf de Erde dört
uf unsri bscheidne Wünschli hört.

Jetz frogsch mi, gell: Was wünschisch denn?
Aß d Mamme un de Pappe meh Zit für mi hän!
Aß si tüen mit mir singe un lache
un ammig so glatti Spieler mache
un nemme mi als emol wider in Arm
un sage. Chumm Schätzli, i gib der warm!

Aß d Lüt, wo autofahre müen,
nit allewiil so rase tüen!
Aß mir no neume chönne spile,
au tobe oder ummebrüele.
Weisch, Niklaus, des ghört au däzue.
Däfür gän mir jo z Nacht no Rueh,
wenn Großi s Fernseh so lön renne,
aß mir schiergar nit schlofe chönne.

I wünsch halt, aß di große Lüt
e Herz für d Chinder hän! Suscht nüt.
Aß si uns nit so viil verbiete
un meh vor böse Sache b'hüete;
aß si de Welt meh Fride schenke,
nit numme ans Verdiene denke.

Wenn Groß und Chlei sich meh verstöhn,
gell, heilige Nikelaus, des wär schön.
Wenn du sell chasch, no loß es gscheh!
Un – e weng Schocki tät i au no neh!

Di alt Agnes

»Doktersöhnli! Milchbüebli! Trausch di nit, trausch di nit!« hän di andere gruefe un mit em Finger uf en zeigt; un do hät er halt zletzt e Schneeballe gmacht, e ganz iisigi, pickelherti un hät si de alte Agnes ins Fenster gschmeißt as es nume neso tschätteret un gchläpperet hät.

Un wo si ihre grau Zottlechopf zum verbrochene Fensterflügel usegstreckt hät un gschumpfe wie ne Rohrspatz, do hän si alli uf ihn zeigt un brüelt: »Do dädo, dädo isch es gsi – im Doktor siin isch es gsi – dädo, dädo!« Un sin abghaue un hän ihn stoh lo zmits uf de Stroß mit siim füürzündrote Mölli. Er hät nit begriffe, was des alles bedütet.

Hinterem Ecke hät er si ghört lache un spöttle, won er heimgschlichen isch, siini feine Spezi. In sii Zimmer hät er sich verdruckt däheim un kei Antwort geh, wo si em gruefe hän. So hät er sich geschämt.

D Großmuetter hät en endlich gfunde. Gueti Großmuetter! Si hät nit viil gfrogt; si isch eifach zuen em anegsesse un hät siini iis-chalte Finger in ihre warme, guete Händ gno.

s hät e Rung bruucht, bis em de Tränebach brochen isch un no e Rung länger, bis er alles usegstammlet un usegwürgt hät, sii Schuld un sii Schand un sii Buebe-Elend. Un d Großmuetter hät alles verstande, hät alli andere furtgschickt vo de Tür – güetig, aber bstimmt: »Lön en in Rueh! Mir zwei bringe des in d Ornig!«

Spöter hät s en ällei glo – aber nit lang. Im Mantel un mit em dicke Schal um Chopf un Hals hät si en abgholt, un bal sin si nebenenander unterem große Regedach dur de Pflutterschnee gstapft, dure zue de alte Agnes.

Si hän zerst durs Fenster iinegluegt, d Großmuetter un de Bueb. s isch finster gsi in de Chuchi, nume ab un zue hät s Herdfüür e weng gflackeret, no isch e rote Schii über die graui Gstalt geisteret, wo am Tisch ghockt isch, leblos un reglos wie ne Wacholderbese im Hohlegrund. D Großmuetter hät g'chlopft un gruefe, aber di alt Agnes hät sich nit verrüehrt. Hät si echt gschlofe?

Im Bueb isch es gspässig gsi. Er wär am liebste furtgrennt un het sich versteckt – so isch es Buebe-Uusweg, en Urinstinkt us de Höhle-Zit her: Sich verstekke, sich verschlupfe in e Loch iine, wenns gföhrlich wird –.

Aber d Großmuetter hät en resolut an de Hand packt, hät d Tür ufgmacht un isch iine (mer hät d Türe no nit abgschlosse in sellere Zit, au di alt Agnes nit). »I bi s, Agnes, i, d Miine!« hät d Großmuetter gsait, »i ha numme wölle luege noch der!«

s isch kei Antwort cho.

Aber d Großmuetter hät sich nit vergelstere lo, si hät us em Chorb e dicki Cherze zauberet un hät si uf de Tisch gstellt. E Birebrot hät sie dänebeglegt un e Fläsche Rotwii vom Großvater siim beste. Un däno hät si d Cherza a 'zunde un hät de Bueb anegstellt vor dic alti Agnes, wo all no am Tisch ghockt isch wie ne Wachsfigur. »So, jetz bisch du dra!«

Was het er solle sage?

Do isch er gstande un hät gschluckt un hät druckt un allewiil uf de graui Hoorbündel gstart überem schmudlige graue Tschobe. D Zunge isch em wie ne Stei im Muul glege un si Herz hät halt scho wider e Muusloch gsuecht.

Aber uf eimol isch es über en cho wie ne helle Blitz: Mii Sprüchli! Mii Sprüchli! Un er hät a 'gfange mit siinere helle Buebestimm:

»Von draußen vom Walde komm ich her,
ich muß euch sagen, es weihnachtet sehr!
Allüberall auf den Tannenspitzen
sah ich goldene Lichtlein blitzen . . .«

s ganzi langi Gedicht hät er ufgsait ohni stottere, zehmol besser wie in de Schuel. Er hät nume ins Cherzeliecht gluegt däbii – aber mit jedem Wort isch s em freier un liichter worde. Un won er fast am Schluß gsi isch: »O lieber, heilger Herre Christ, meine Reise nun bald zu Ende ist . . .«, do hät di alt Agnes de Chopf glüpft un hät en a'gluegt. s Cherzeliecht hät sich gspiegelet in de Träne, aber um di schmale Lippe sin seligi Lachfälteli gwuslet wie ne Wellespil uf em Weiher, wenn de Wind über s Wasser striichlet. Un won er verschrocke zu de Großmuetter duregluegt hät, hän ihri guete Auge au glitzeret un si hät schnell s Nastuech gno un gschnützt. Aber däno hät si em zueg'nickt; si hän no Holz iinegholt us em Schöpfli un mit eme Brett s verbroche Fenster zuegnaglet.

Di alt Agnes hät kei Wort gsait. Aber wo si furtgange sin, isch si ufgstande un isch ene nochgschlurpt bis an d Tür.

St. Luzia – Zünd d Liechter a

13. Dezember – De Luzia-Tag

Früehier emol isch de Tag vo de heilige Luzia de Sunnewend-Tag gsi. Do hän sich d Maidli im Tirol un im Burgeland fest druf gfreut, s isch nämlig Bschenktag gsi für si. D Fraue hän nit dürfe spinne un di junge Bursche sin uf de Heubode gchletteret un hän gwartet, ob si de »Luzia-Schii« sehn, e Liecht, wo mer hät druus lese chönne, ob mer im neue Johr Glück hät oder Not. Eine hät überem Huus vo siim Schatz e schöne Liechterchranz gseh, wo uf eimol e Totechopf däzwische usegluegt hät. Er hät ghürotet aber ball druf isch sii jungi Frau gstorbe.

In mänke Landstrich hät mer sich au arg gfürcht vor de »Lutzelfrau« un hät si zue de Hexe zellt. Jungi Bursche hän sich als »Lucka« verchleidet mit Hörner un mit e me große Vogelschnabel, so sin si in d Hüüser, go de Chinder Angst mache. Vilicht isch de »Chlausebicker«, wo no hützetag im Kinzigtal mit em Nikelaus ummezieht us sonere Lutzelfrau entstande.

Überall, wo s Christe gha hät, isch aber die heilige Luzia als Liechterheiligi verehrt worde. In Schwede goht au hüt no d »Lussibrud« im wiße Chleid mit ere Liechterchrone uf em Chopf in alli Hüüser un bringt de Männer im Chrueg e »Luzia-Trunk«, däno wird mit viil Essen un Biertrinke e fröhlich fest gfiirt.

D Gschicht vo de heilige Luzia

In de Stadt Syrakus uf de Insle Sizilie isch im vierte Johrhundert en adligi Frau gwohnt mit ihre Tochter. Sie sin Christinne gsi un hän viil zue de heilige Agatha bättet, wo im gliichen Ort hundert Johr vorher wegen ihrem Glaube umbrocht worden isch.

Am Grab vo de heilige Agatha hät d Tochter, d Luzia, emol bättet, do hät si uf eimol e Stimm ghört, wo zuen ere gsait hät: »Luzia, Luzia! Ball wirsch du e bittere Tod müeße liide! Aber ha kei Angst, du wirsch au us em schlimmste Füür heil wider usecho un Liecht bringe in die dunkli Welt!«

Des hät Luzia ihrer Muetter verzellt. Druf hän si alles was si gha hän an di Arme verschenkt. Wegedem sin si iigspeert worde. Eine vo de größte Christegegner hät sich aber in des gfangeni Maidli verliebt un hät ere sage lo: »Wenn du vo diim dumme Glaube losch, däno will i di wege diine schöne Auge rette! »Do hät sich d Luzia selber d Augen uusgrisse un hät si dem Heidefürst uf ere Schale gschickt. So isch si zum Füürtod verurteilt worde. Aber wo si uf em Holzstoß gstanden isch un bättet hät, do sin d Flamme vor ere uf d Sitte gange un hän si wie ne Liechterchranz iigschlosse un hän ere garnüt gmacht. De Christeverfolger hät si däno mit siim Schwert verstoche.

Mer siht die heiligi Luzia vor allem in Italie mänkmol mit de Schale, wo d Auge druf lige un mit ere Wunde am Hals. Si isch d Fürbittere für alli Augechranke un di Augeheilkundige fiire an ihrem Namenstag s Zunftfest.

Das Spiel von der Luzia-Braut

In den dunklen Raum kommt in einem weißen Kleid ein Mädchen – die Luzia-Braut – mit einer zwölfstrahligen Kerzenkrone auf dem Kopf, sie geht schweigend im Kreis herum, dann tritt sie hinter den Tisch und spricht das Gedicht: E Liecht (legt den Kranz vor sich hin)

An allem Afang isch e Liecht,
e Liecht an allem End.
Un wo kei Liecht isch in de Nacht
un wo kei Fünkli heiter macht,
isch s Lebe schier verbrennt.

Was nümmi brennt, macht nümmi hell.
Was nümmi glüehit isch tot.
E Stern, e Stei, e Menscheseel,
s lebt us em Liecht – un goht nit fehl,
solangs in Flamme stoht.

Drum zünd e Flämmli in dir a,
wo us dir usse brennt,
aß sich dii Zit cha wärme dra.
No wird si vo dir Sege ha
vom Afang bis ins End!

(Nun gehen Kinder paarweise zum Tisch und nehmen je eine Kerze in die Hand.) Sie sprechen dazu:

1. Kind: Mir trage s Liecht in unsre Händ,
s Liecht in e dunkli Zit,
wo Afang, Mitti oder End
in schwarze Schatte lit!

(beide Kinder gehen nun in den Saal und zünden bei den Zuschauern Kerzen auf den Tischen an)

2. Kind: E Fünkli Liecht goht von is uus
un hellt en enge Kreis,
aß jede in dem dunkle Huus
de Weg zum andre weiß!

3. Kind: Zum andre, won er wärme cha
mit sellem Fünkli Füür.
De zündet dra sii eignis a
un goht ämend zue Dir!

4. Kind: Un meh un meh un all no meh
brennt eins am andren uf.
Un meh un meh chasch d Mensche seh
wie si scho warte druf!

5. Kind: So brennt ei Fünkli Liebi, gell,
dört, wo du s witergisch
un macht e Fleckli Lebe hell,
wenn s no so dunkel isch!

Luzia: Nimm s Liecht in d Hand
un trag s in d Welt!
Trag d Liebi uus dämit.
Liechtträger
hät de Herrgott bstellt.
So segnet ER dii Zit!

E Fünkli Liecht in d Nacht,
wo d Angst vertriibe tuet
un s Lebe heller macht,
gell, sell
isch immer guet.

Nit jedem isch es ge
e Stern am Himmel sii.
s bruucht aber mänkmol meh
im Huus de Cherzeschii.

Au we mer nit groß tuet
un riich un prächtig isch,
s chlei Liechtli isch au guet,
s chlei Liecht – däheim am Tisch.

Sorg, aß dört wärmsch,
nit brennsch
un s bösi Füür a'fachsch!
D Welt wird dört heller, Mensch,
wo du si heller machsch!

(Sie nimmt die letzten Kerzen vom Kranz und geht damit durch die Zuschauer aus dem Raum, die Kinder folgen ihr paarweise.
Wo es möglich ist, kann der Zug auch im Saal rundum gehen und die Kinder singen dazu ein passendes Adventslied, zum Beispiel: »E Flämmli glüeht« oder »Unser Liecht isch unsri Liebi«.)

s Anneliisli wott en Engel sii

Am Schaufenster vum große Waarehuus druckt si schiergar s Näsli no platt un ihri Chluggerauge werde all größer un größer. Si träppelet ufgregt vu eim Bei ufs ander, un mänki, wo vorbeischieße, schmunzle ab dem chleine Wüschli am große Schaufenster – aber stohbliibe tüen si nit – wer hät scho Zit für e chlei Maideli jetz, drei Tag vor em heiligen Obe?

»Hä jetz lueg au, isch des nit s Chiefers Anneliisli«? sait d Frau Maier mit a-i. »Wa machsch du do am Chaufhuus z'mits im Vormittag? Gell, du suechsch der no e Weihnachtschindli uus?« Un wo des chlei Chöpfli mit dene glänzende Chluggeräugli ganz veriiferet nicke tuet, »was häsch der denn uusgsuecht?« frogt d Frau Maier.

»Engeli«, saits, »Engeli!« un zeigt uf e paar Figuure us luter Ruuschgold un Glitzerpapier, wo dört im Fenster bample, hi un her un her un hi an ihre silberige Fädeli, »Engeli!«

»Oha«, meint d Nochberi, »selli Dinger dört wottsch? Des wird nit goh, selli ghöre denkwohl nume zue de Dekeration – s isch ämel kei Priis dra an dene Engel. Aber wer weiß, villicht vertschäppere si die au no? Häsch denn Geld?«

Di chlei Hand fahrt ins Mantelsäckli un holt e rot Geldbeuteli usse: »Fünf Mark un einedrißig Pfennig!« sait s Anneliisli – e Millionär chönnt nit meh plagiere mit siim Geld –.

»Nusedenn, do häsch no e Mark däzue«, lacht d Frau Maier mit a-i un goht witer. Sie häts halt au pressant drei Tag vor em heiligen Obe; si sott jo no Butterbrötli bache mit farbige Bölleli druf – ihri Großchinder chömme uf

Bsuech am zweite Weihnachtstag un selli sin verruckt uf Butterbrötli mit farbige Bölleli, d Frau Maier freut sich scho druf. Butterbrötli bache isch jetz wichtiger als dem chleine Wuseli Acht schenke us de Nochberschaft.

s Anneliisli stoht scho dinn im Warehuus mit siine sechs Mark un drißig Pfennig im heiße Händli. s goht lang, bis sich eini vo de Verchäuferne abebuckt zue dem Chind – zue mänkmol hän si sich bucke müeße in dene verruckte letzte Tag vor Weihnachte. Un mit Chinder macht mer so siini Erfahrige in dere Zit, die wüsse doch nie, was si wön. Un wenn si s wüsse, hän si kei Geld.

»Wa wottsch?« frogt d Verchäufere streng. »Engeli«, sait s Anneliisli e weng verschüchteret un luegt umenander. Aber im Warehuus inne sin keini Engel, die gits numme im Schaufenster. »Engel?« sait d Verchäufere un verzieht s Muul wie ne Essiggurke am Äschermittwuche. »Wa für Engel? Seipfi-Engel oder sonigi an Christbaum oder Schockeladengel?«

s Anneliisli schüttlet de Chopf. »Engel« sait si, »richtigi Engel!«

»Richtigi Engel?« sait d Verchäufere, »hän er des ghört? Richtigi Engel suecht des Ding do im Kaufhuus!« Di andere Verchäufere lache, au e paar Chunde. Glii würd s Anneliisli afange hüüle.

»Mir verchaufe keini Engel! Gang ufe ins Pfarrhuus, villicht hän si dört e paar übrig!« Si lacht e weng tschätterig d Verchäufere un tschumplet dävo: si schüttlet de Chopf: »Engel im e Kaufhuus? So öbis verruckts!«

s Anneliisli verdruckt ihri Träne un goht. Tapfer goht s nufe an s Pfarrhuus. Si mueß uf d Zeche stoh, go lütte. Aber si lüttet so lang bis d Frau Pfeiffer uusechunnt, selli mit äf-äf un mit de Eulebrille.

»Engel?« frogt d Frau Pfeiffer, »aber Chind, Engel cha mer doch nit chaufe! Engel sin doch im Himmel obe. Engel sin chleini Chinder gsi, wo ganz lieb gsi sin. Aber die sin gstorbe weisch. We mer im Grablöchli glegen isch, däno cha mer e Engel werde! Gang jetz, i mueß de Röselichöhl putze für s Weihnachtsesse; Röselichöhl hät de Herr Pfarrer chaibegern. Un d Krippefigure sotte au no abgstaubt werde. Saisch e Grueß an d Mame un mir wünsche fröhlichi Weihnachte! Wart, i hol der no e Springerli!«

Aber wo d Frau Pfeiffer mit äf-äf wider an d Türe chunnt, isch kei Anneliisli meh do, si mueß s Springerli selber esse, s fallt ere nit schwer.

s Anneliisli isch scho wider unterwegs. »Grablöchli«, des hät si sich gmerkt; un si weiß, wo s Grablöchli hät, de Großvater lit jo dört uf em Gottsacker un d Tante Walburg au sit e paar Wuche.

s Gottsackertor isch abgschlosse oder eifach nume z schwer für des chleini Chind. Aber nebedra isch e Loch im Haag, sell isch groß gnueg, dört chrabblet s Anneliisli iine un marschiert tapfer zwüsche de Gräber dure. Bim Großvater blibt si e Rüngli stoh un legt d Händli zsämme, wie sis bim Großmutti gseh hät, wenn si amig mit ere uf de Fridhof gangen isch. Un wil ere grad nüt anders iifallt, bättet sie: »Komm Herr Jesus, sei unser Gast und segne, was du uns bescheret hast.« Aß es nit so recht paßt, merkt s au, s rennt schnell furt un s Stäpfeli uf uf de neu Teil vom Gottsacker. Dört sin drei Gräber uusghobe nebenenander – de Totegräber Scheubli hät uf Vorrot gschafft, mer weiß jo nie, obs nit Frost git – un sterbe wird scho au no över über Weihnachte, sell isch so sicher wie s Amen in de Kirch.

Si hät e weng Angst vor dene große Löcher, d Anneliis un stoht e ganzi Wiili dävor. Aber en Engel, en richtige Engel sii, sell wär halt chaibeschön! En richtige Weihnachtsengel mit silbrige Hoor un Ruuschgold-Flügeli! Un so gumpt si halt zletzt abe in s mittler Loch, nimmt e Brett, wo dört an de Wand lehnt, legt s an Bode un lit druf. Si faltet ihri chleine Händli über de Brust, so wie si s bi de Tante Walburg gseh hät. Däno macht si d Augen zue un wartet druf, aß si jetz en Engeli würd.

Warm isch es nit grad in dem füechte Loch unte. d Chälti schlupft dur s Mänteli un s Anneliisli macht d Auge ball wider uf. Si luegt an graue Himmel ufe, wo in dem schmale Viereck hängt wie ne alte Vorhang mit Mottelöcher. E paar Schneeflocke tanze zue n ere abe ins Grablöchli, si fangt eins mit em Ärmel un siht, aß es e winzig Sternli isch. Des macht si ganz froh. »Jetz würd i glii en Engel!« denkt si.

Un do siht si uf eimol de liebi Gott, wie n er ins Grablöchli abeluegt: Ganz verschrocke luegt er un sin große, schwarze Bart wacklet hi un her, wil er de Chopf schüttle mueß, de liebi Gott.

Aber uf eimol isch es gar nümmi de liebi Gott, uf einmal luegt er ganz bös un isch de Totegräber Scheubli mit e-u, un de sait: »Was soll des? Was tuesch denn du do unte, du Rüpfel? Machsch, daß du do use chunnsch!«

So bös isch sii Stimm, aß s Anneliisli schnell ufstoht. Kei Wörtli bringt si use vor Angst. Jetz so öbis. Des isch im Totegräber Scheubli au no nie passiert, aß er e Lebigs us em Grab usehole mueß. »Du hetsch der de Tod hole chönne, du verrucktis Ding!« sait er. Er bringt s Anneliisli ans Gottsackertor, schließt em uf un loßt s use. Er luegt em no lang noch un schüttlet de Chopf.

Jo, un s Anneliisli rennt heim; aber je nöcher as es im Huus chunnt, um so langsamer wird s. s schämt sich uf eimol, wil si des gmacht hät. Was würd d Mame sage?

Aber d Mame isch no garnit do vum Schaffe. So stäpfelet s Anneliisli halt ufe zue de Großmutter un verwunderet sich, aß alli Türe ufstöhn. »Großmutti!« ruefts un nonemol: »Großmüetterli?« Kei Antwort. Do kriegt s Anneliisli e bizzeli Angst; aber s goht eineweg tapfer iine ins Schlofzimmer. Dört lit d Großmutter a'zoge uf em Bett un isch ganz grau im Gsicht. Si schnuuft wie ne Dampfmaschine un fahrt mit de Händ unruehig hi un her. Des isch wieder en Herzanfall wie vor vierzeh Tag – aber dört isch d Mame däheim gsi un hät chönne de Dokter hole.

s Anneliisli holt gschwind d Schnapsguttere hinterem Bett vüre, si schüttet viil Schnaps uf e Sacktuech, macht de Großmuetter de Rock uf am Hals obe un ribt ere fest s Herz ii, wie si s gseh hät bi de Mame vor vierzeh Tag; si nimmt e roti Tablette, wo uf em Nachttischli lit un druckt si de Großmutter zwische d Zäh. Un wo si endlich e bizzeli weniger hert schnuuft un e weng Farb kriegt im Gsicht, do rennt s Maideli dure zue de Frau Maier mit a-i un selli rüeft glii de Chrankewagen a un de Dokter.

Am heiligen Obe z mittag dürfe d Mame un s Anneliisli zum erstemol d Großmutter bsueche im Spital. Do lit si ganz wiß un spitzig in de Chüssi. Aber si cha doch scho wider e weng lache un hebt s Anneliisli fest an de chleine Hand.

»Du bisch mii Engeli«, sait si, »ohni di het i die Weihnachte nümmi erlebt!«

Do denkt s Anneliisli an d Verchäufere im Kaufhuus und d Ruuschgoldfigürli im Schaufenster, an d Frau Pfeiffer mit äf-äf un wie sie im Grablöchli unte glegen isch un hät gmeint, de Totegräber Scheubli mit e-u wär de liebi Gott. Un si mueß e bizzeli lache über sich selber un freut sich, aß si für öber doch no hät e Engeli sii dürfe.

s weihnachtet fest!

s weihnachtet fest! Am Bündtefeld
stöhn d Bäum ganz wiß verzuckeret.
De Riife glitzeret am Riis
un liislig bruttlet untrem Iis
de Bach un butscht un chluckeret.

De Tannewald isch tief verschneit
im stille Hohlegrabe,
die junge Tännli breche fast
un mänkmol stäube vom en Ast
Schneewölkli obenabe.

E Meisli zipst, s würd Hunger ha
un Glust uf früschi Sömli.
Gang Dingli! Gang, flieg s Tal duruus!
Dört unte han i s Vogelhuus,
dört lit für Di e Chrömli!

s weihnachtet fest! z Nacht in de Stadt
sihsch aberhundert Cherze.
Des blitzt un funklet numme so,
sogar di Alte werde froh
un kriege Chinderherze.

Un d Chinder drucke d Nase platt
an de Schaufensterschiibe,
si finde neus uf Schritt un Tritt
un mänki chömme schier nit mit
vor luter Wünschli schriibe.

Us alle Nochbrehüüser schmeckts.
Si bache Zuckerbrötli
dört Springerli, do Birebrot
un Kokoshüfli, wiß un rot,
Zimtstern un Butterredli.

De Vater ladet s Blitzgrät uf,
er will halt d Bscherig knipse
un d Muetter pützlet Stube blank
un steckt de Schlüssel hintre Schrank
aß keins cha Guzzli stibse.

s weihnachtet fest! En alte Mensch
sitzt ganz ällei im Dunkle;
in siinen Auge, müed un füecht
dört spieglet sich im Stroßeliecht
sii Glitzere un Funkle.

De alti Mensch merkt nüt dävo,
es worgt en in de Chehle.
Wo öber fremd un einsam isch,
weihnachtets nit am leere Tisch,
dört gfriere Liib un Seele.

Wenn s ehrlich Weihnacht werde sott
uf dere dunklen Erde,
no nimm der au in allre Freud
e bizzli Zit für s fremdi Leid,
no wird si ehrlich werde.

Vom Schenke

Sell,
wo du andre uf Weihnachte schenksch,
sell sottsch eso schenke wie wenn däbii denksch:
I schenk s grad dem Chindli im Chripfli, im Stroh.
Wie d Hirte vo Bethlehem will i zuen em goh.

Un chan i s selber nit finde,
henussedenn jo,
no bschenk i halt andri
un mach selli froh,
aß si au e weng spüre
vo miinere Freud
über s Herrgotts-Chindli,
wil s zuen is will cho.

Mii Gschenk
isch mii Liebi,
s soll e Zeiche bloß sii,
e Zeiche für s Gern-ha
un s Guet-sii däbii;
e Zeiche, aß i alles
wott schenke un geh,
aß i nume di andre
au heiter cha seh.

Frog nit, ob im andre
e Gschenk schuldig bisch,
mit de Liebi go wuchere
bringt kei Sege an Tisch.
Frog nit, ob s dir nutzt

un ob au öbis kriegsch
suscht isch es kei Gschenk,
suscht lüegsch un betrüegsch
di selber un alli andre dämit.
Riich isch bloß selle,
wo freiwillig git,
freiwillig
im Chind z lieb vo Bethlehem,
will so ne Verschenke
no Hoffnige macht,
un sell isch de Sinn vo de heilige Nacht!

Mir stöhn am Baum

e Spiel für Chinder un großi Lüt

Persone

D Großmutter
De Großvatter
Anja, Enkeli
Peter, Enkel
Di andere Chinder: Katharina, Klaus, Axel, Anne, Karin, Felix, Sandra, Andrea
(die Kinder sind zwischen fünf und 13 Jahre alt; es empfiehlt sich, sie in dem Spiel mit ihren richtigen Namen zu nennen)
Tante Marianne, Kindergärtnerin oder Gruppenleiterin,
Tante Sabine, Kindergärtnerin

Szenerie

Wohnstube mit Kachelofen, großem Tisch, Lehnstuhl und Kommode

Requisiten

Ein Christbaumständer
ein Christbaum
Weihnachtskerzen
etwas alter Weihnachtsschmuck für den Baum
St. Martinslaternen

Anmerkung

Jedes mitspielende Kind soll zu Hause oder in einer Gruppenstunde ein eigenes Schmuckteil für den Weihnachtsbaum (Strohstern, Papierrose, Bildchen zum Aufhängen, Figürchen o. Ä.) basteln – nicht kaufen!!

1. Auftritt:
Marianne, Sabine, die Kinder (ohne Anja und Peter) kommen in Winterkleidung mit Laternen auf die Bühne gezogen (wenn möglich durch den ganzen Saal) zum Einzug singen sie:

Kinder: Laterne, Laterne! Sonne, Mond und Sterne!
Brenne auf, mein Licht! Brenne auf mein Licht!
Aber nur meine liebe Laterne nicht!
Laterne, Laterne!
Laterne! Laterne! Sonne, Mond und Sterne!
Gib uns hellen Schein in das Herz hinein.
laß uns alle frohe Menschen sein!
Laterne, Laterne!
(sie stellen sich auf der Bühne im Halbkreis auf und singen)

Das Martinslied

Sankt Martin isch e brave Ma,
er zündet mir s Laternli a,
des leuchtet in de dunkle Zit
un macht si hell un schön un wit
Sankt Martin! Sankt Martin!

Anne: (tritt vor und singt allein)
Do isch e Bettler, alt un arm,
de friert so arg aß Gott erbarm.

Felix: (tritt dazu und singt allein)
Sankt Martin hät s nit chönne seh,
hät ihm siin halbe Mantel ge.

Kinder: Sankt Martin! Sankt Martin!

Anne und Felix: Wer andre hilft, macht uf de Stell
d Welt um sich umme warm un hell!
Gell sin so guet, ihr liebe Lüt
un werdet Liecht für Euri Zit!

Kinder: Sankt Martin! Sankt Martin!

(Anmerkung: Die zweite Strophe kann auch gespielt werden, indem Anne den Bettler darstellt und Felix ihr einen Mantel umhängt)

Marianne: So, jetz hänget er alli eueri Mänteli use, aber nit eso lut, gell!
We mer neume Bsuech macht, darf mer nit eso ummetobe!

Kathrin: Worum hä mir jetz s Sankt Martinslied gsunge, Tante Marianne? De Martinstag isch doch scho lang vorbei!

Marianne: Natürlich, de isch jo am Ölfte-Ölfte, gel! Aber eigentlich isch sell e weng de Afang vo de dunkle Zit, un weil mer hüt zue me Liechtgang bi de Großmuetter un bim Großvater iiglade sin, han i denkt, des tät jetz au no passe – aber jetz husch-husch d Mänteli uus!
(die Kinder gehen nach beiden Seiten ab, legen ihre Winterkleidung weg und kommen wieder zurück, sie drängeln sich und lärmen)

Sabine: (klatscht in die Hände)
Still jetz un brav sii! Sitzet alli hinter de Tisch oder dört ufs Scheslo un s Ofebänkli!

Klaus: I freu mi druf, wenn is de Großvater wider e schön Gschichtli verzellt!

Kinder: I au! I au!

Axel: Un i freu mi uf de Saft un uf de Chueche vo de Großmuetter!
Hoffentlich hät si au gnueg!

Kinder: I au! I au!

Sabine: Ihr si mer scho die rechte Schleckmüüler!
Aber grad jetz in de Adventszit darf mer nit numme allewiil dra denke, was eim gschenkt wird!
Jetz müe mer au überlege, wie mir andere chönne e Freud mache – de Großmutter zum Bispihl, wo uns allijohr iiladet, oder im Großvater, wo uns so schöni Gschichte verzellt!

Anne: I cha ne ganz groß Gedicht sage für si!

Karin: Un i un d Katharina mir chönne e schön Liedli vom Mond singe, wo uf em Wolkemeer umenandergondelet!

Marianne: Des würd si aber freue! Un anderi chönne villicht au no öbis Schöns! Mir lön is überrasche!
Un z'aller-allererst singe mer jetz de Großmutter ihre Lieblingslied: In s Muetters Stübeli!

Kinder: (singen – evtl. begleitet mit Gitarre oder Blockflöten –)
In s Muetters Stübeli, do goht de hm-hm-hm,
in s Muetters Stübeli, do goht de Wind.
Mueß fast verfriere vor luter hm-hm-hm.
mueß fast verfriere vor luter Wind.

Mir müen go bettle goh, es isch is hm-hm-hm,
mir müen go bettle goh, es isch is arg!
Du nimmsch de Bettelsack un i de hm-hm-hm,
du nimmsch de Bettelsack un i de Chorb.

Du stohsch vor s Lädemli un i vor d hm-hm-hm,
du stohsch vor s Lädemli un i vor d Tür.
Du kriegsch e Laibli Brot un i e hm-hm-hm
du kriegsch e Laibli Brot un i e Bir!

Du stecksch de Speck in Sack un i de hm-hm-hm,
du stecksch de Speck in Sack un i de Ank!
Du saisch »Vergeltichsgott« un i sag hm-hm-hm,
du saisch »Vergeltichsgott« un i sag Dank!

(gleich zu Anfang des Liedes kommen Großmutter und Anja von links herein mit einem Korb voll Saftgläsern und einem Gugelhupf sowie einer Kanne voll Saft)

2. Auftritt: Großmutter, Anja – Vorige

Großmutter: (hat mit Anja mitgesungen, dabei haben sie die Becher auf den Tisch gestellt und schenken nun ein. Großmutter schneidet den Gugelhopf an) (klatscht in die Hände) Bravo! Bravo! Des hän er schön gsunge! Guete Tag mitenander un e herzlich Gottwilche im Stübli!

	Jetz gits zerst e weng öbis zum Schnabeliere!
Kathrin:	Wo isch denn de Großvater?
Großmutter:	Hä, de isch no uf em Märkt mit em Peter, si wön e Christbaum chaufe – si werde wohl ball cho!
	Wüsset er, er suecht sich immer e bsunder schön Tännli uus, de Großvater!
Axel:	Miin Onkel Walter hät gsait, mer sott gar keini Tännli meh chaufe, jetz, wo mer soviil vom Waldsterbe hört!
Marianne:	Jo gell, s wär scho schlimm, we mer unsere Wald täte verliere. Aber de chasch diim Onkel Walter sage, aß mer die Bäumli sowiso mueß schla, aß di andere Platz hän.
	Un weisch, für mänki Buure im Schwarzwald isch es halt e ganz wichtiger Verdienst, wenn si chönne Christbäum verchaufe.
Großmutter:	Sell hät de Großvater au gsait!
	I mein übrigens, i hör en cho!
	Wie isch es, wön er en nit au mit e me Liedli begrüeße?
Sabine:	Hä jo! Was chönnte mer denn singe?
Anja:	O Tannenbaum, o Tannenbaum, wie grün sind deine Blätter – won er doch grad de Christbaum bringt.
Felix:	De Tannebaum hät überhaupt keini Blätter! De hät Nodle!
Anja:	So? Villicht Stricknodle oder Stopfnodle?
	d Tannenodle sin au Blätter – numme halt e weng anderi.

Felix: Pöh! Du wit immer gschiiter sii wie anderi: Bäum, wo Blätter hän heiße Laubbaum – un die werfe im Winter alli Blätter ab!

Anja: So? Un wie isch es mit de Stechpalme un mit em Lorbeeribaum? Werfe die villicht au d Blätter ab?

Un was isch für di e Lärche? Die hät Nodle, aber si loßt sie im Winter grad eso gheie, wie d Bueche s Laub!

Felix: (streckt ihr die Zunge heraus)

Pöh! Gschiithafe.

I sing lieber: Dussen im Wald häts e chlei Schneeli gschneit.

Großmutter: Sell isch au e nett Liedli! Gell, Anja!

Anja: Hä vo mir uus! Hauptsach isch doch, aß mer überhaupt singe! Suscht isch de Großvater do, bevor mer no a'gfange hän!

Sabine: Also los denn:

Kinder: (singen)

Dussen im Wald hät s e chlei Schneeli gschneit,
drum isch es chalt, dussen im Wald!
Summerzüg hi, Summerzüg her, chauf
mer miiner lebtag kei Summerzüg meh!

Mi frierts an d Händ,
wil i keini Händschig ha,
mi frierts an d Händ un an d Füeß aa!
Summerzüg hi . . .
s Röckli isch dünn, s Strümpfli hät au e Loch,
mi frierts do drinn, helfet mer doch:
Summerzüg hi . . .

	D Sunne isch do! Lueg wie mii Chindli lacht! D Sunne isch do! Jetz si mer froh! Winterzüg hi, Winterzüg her, chauf mer miiner lebtag kei Winterzüg meh!
3. Auftritt:	Großvater, Peter – Vorige
	(Großvater und Peter kommen von rechts mit einem großen Tannenbaum, sie winken den singenden Kindern zu und stellen den Christbaum in den bereitstehenden Ständer, sie ziehen die Mäntel aus – Peter trägt seinen Mantel hinaus)
Großvater:	Heieiei! So ne Empfang, des freut eim aber! Gueten Obe mitenander! Chumm, Anja, trag mer grad de Mantel furt un hol mer miini Strauhfinke! (Anja nimmt den Mantel und geht hinaus – Peter und Anja kommen zurück mit den Strohschuhen) Chumm, Peter, hilf mer emol die Chaibestiefel uuszieh! (Peter versucht, Großvaters Stiefel auszuziehen, es gelingt ihm nicht)
Peter:	s goht nit!
Großvater:	Stell di net eso a! Drüll di emol um un nimm de Stiefel zwüsche d Bei! Heb en fest – Achtung! (Peter klemmt den Stiefel zwischen die Oberschenkel, Großvater schiebt mit dem andern Fuß kräftig – Peter fällt mit dem Stiefel nach vorn. Die Kinder lachen.) Häsch jetz gmerkt, wie s goht? Jetz no de ander!

(Peter klemmt den andern Stiefel fest, Großvater schiebt, Peter hüpft mit dem Stiefel nach vorn. Großvater streckt das Bein in die Luft, im Strumpf ist ein großes Loch)

Sandra: Je, lueget! De Großvater hät e Loch im Strumpf!

Kinder: (johlen und lachen)
De Großvater hät e Loch im Strumpf!

Großmutter: Ja, sag emol, Großvater, was häsch au du für Socken a'zoge?

Großvater: Hä selli halt, wo du mir anegrichtet häsch uf d Kommod im Gang!

Großmutter: I ha doch gsait, du sollsch mit dene d Wasserhähne ussen am Huus iiwickle, aß si nit zuegfrire, wenn s chalt wird hüt z nacht!
Du sottsch halt als au besser lose, wenn i öbis sag zue der!
Du blamiersch jo die ganzi Innig!

Großvater: Hä worum denn?
Besser e Loch im Strumpf
als im Herz e Dunpf,
gell, Chinder!
Do lueget emol, wie s miine Zeeche gfallt!
Di sin no wunderfitziger wie s Schillighofer Maideli!

Kathrin: Wer isch des, s Schillighofer Maideli?

Großvater: Wunderfitz un Brägeli!

Anja: Bitte, Großvater, verzelle, verzelle!

Kinder: Au ja! Verzelle! Verzelle!

Großvater: Also, chömmet her un hocket do um mi umme!
(die Kinder kommen zu Großvater und

	setzen sich vor ihm im Halbkreis auf den Boden; Marianne und Sabine setzen sich an den Tisch)
	Jetz will i emol lose, ob vo euch öber guet ufpaßt hät, won i euch emol vo de alte Zite un selle Gschichte verzellt ha, won i vo miinere Großmuetter ghört ha:
	Wer weiß no, was Fronfaste oder Fraufaste heißt?
	(die Kinder sehen sich verlegen an; Anne streckt den Finger)
	Also, Anne! Was meinsch du?
Anne:	I glaub, des sin so bstimmti Zite gsi – an de Weihnachte un an de Ostere un so, wo d Lüt hän müeße faste!
Großvater:	Des häsch der guet gmerkt, bravo! Jo, viermol im Johr hän d Lüt müeße früehier e Wuche lang faste – si hän am Mittwuche, am Frittig un am Samstig dürfe kei Fleisch esse un Schleckzüg un so Sache überhaupt nit!
Klaus:	Au, des tät mir aber nit gfalle!
Kinder:	Mir au nit! Mir au nit!
Großvater:	Meinet ihr, selli Lüt häns gern gmacht?
Axel:	Ganz sicher nit!
Großvater:	Jo, jo, do hät e mänke sell Gebot nit ghalte. Aber dem isch es nochher au nit grad guet gange!
Kinder:	Worum?
Großvater:	Wege de Fraufastegeister!
	s »Fraufastewiib« un ihri Fraufastechinder, die hän in sellere Zit müeße umgoh un hän viil Macht gha über d Lüt!

Kathrin:	Wie isch des gsi mit dem Schillighofer Maidli?
Großvater:	Uf em Schillighof sin amig d Lüt zuenenander z Liecht cho, so wie ihr jetz do zue uns. Un do hät s chönne si, wenn si binenanderghockt sin, aß es uf eimol dreimol an d Türe g'chlopft hät. (Marianne klopft dreimal auf den Tisch, die Kinder erschrecken.)
Anja:	Je, jetz bin i aber verschrocke! Was hän die Lüt däno gmacht?
Großvater:	Si hän zuenenander gsait: D Fraufastechinder hän Hunger! Däno sin si ufgstande un ohni e Wort alli us de Stube gange. Aber do isch e wunderfitzig Maideli gsi, des hät wölle luege, was die Fraufastechinder triibe, wenn si in d Stube chömme. s isch oben uf d Chunst glege un hät eso gmacht, as obs schlofe tät. D Fraufastechinder hän s aber glii gmerkt, un s ersti isch glii anegange, hät em über d Auge gstriche un hät gsait: »I sih do zwei Löchli, die mueß mer zuemache!« s zweiti hät gsait: »I sih au zwei Löchli, die mueß mer zuechlebe!« Un s hät dem arme Maideli an d Ohre pöpperlet. Aber s dritti hät gsait: »Do isch e Türli, dem mueß mer s Rigeli stecke!« un hät dem Maideli de Finger uf d Lippe glegt. Do isch des armi Maideli blind worde und taub un hät kei Wörtli meh chönne schwätze!

	Jeregott, des isch e Schrecke gsi für die Lüt. Kei Doltor hät chönne helfe un kei Pfaarrer, nit emol d Hebamm.
	Do isch emol e alti Zigüünere uf de Schillighof cho, dere hän si s Leid g'chlagt. Do hät selli gsait, si sölle eifach des Chind am nöchste Fraufaste-Quatember wider uf die Chunst ufelege. Sell hän si gmacht.
	s Chindli isch aber iig'schlofe, no vor die Fraufastechinder cho sin, un hät nüt gseh un ghört. Wo die Geister wider gange sin, hät s ersti gsait: »I sih zwei Löchli, die sin zue, i will si ufmache!« Un s zweiti Fraufastechind un s dritti hän s grad eso gmacht. Si hän de Zauber wider glöst.
Karin:	Un witer? Wie isch es witergange?
Großvater:	Wie isch es witergange?
	Hä, wie so öbis halt witergot. Wo s Chind verwacht isch, häts uf eimol wider luege un lose un schwätze chönne un isch e groß un schön Maidli worde.
	Aber wunderfitzig isch si nümmi gsi, sell isch sicher!
Anja:	Weisch nomeh so Gschichte? Großvater?
Großmutter:	I mein, jetz sottet ihr zerst emol des Bäumli do richte – zue dem sin er doch cho, gell!
Marianne:	Hä jo – un jedis vo dene Chinder hät en eigenis, selberbastletis Schmuckstückli für an de Baum mitbrocht! Göhn, holet s iine un hänket s an de Baum!
Großmutter:	Un i henk no die alte Chugelechettene un so Sache dra, won i vo miinere Großmuetter

kriegt ha! Gang, Anja, d Schachtle stoht in de Chuchi uf de Bank.

(Anja ab nach links, Klaus und Anne nach rechts, sie kommen gleich wieder mit Pappschachteln. Während der nächsten Szene schmücken die Kinder und die Großmutter den Christbaum. Peter steckt Kerzen auf.)

Anja: Du, Großvater, häts eigentlich au scho e Christbaum geh, wo du no chlei gsi bisch?

Großvater: Hä jo! Un wo mii Großvater e Chind gsi isch, häts des au geh – aber nit überall.

De ersti Christbaum, wo mer weiß, isch ganz noch bi uns ufgstellt worde, z Stroßburg. Im Johr 1605 hät e Ma, wo im Elsaß greist isch drüber gschribe –

gang läng mer sell Buech dört äne, no lihs is euch vor –

(Anja holt ein Buch von der Kommode, Großvater liest)

»Auf Weihnachten richtet man Tannenbäume zu Straßburg auf, daran henkt man Rosen aus vielfarbigem Papier geschnitten, Äpfel, Oblaten, Zischgold und Zuckerzeug.«

Axel: Was sin Oblate?

Großmutter: Des sin so flachi rundi Brötli, wie si de Pfaarer in de katholische Kirch als Hostie hät. Wo mir Chinder gsi sin, hä mer immer Nüß vergoldet und Fiige und hän us Glasperle un vergoldete Buecheckere un Fohrezäpfli so chleini Gsteckli gmacht. Des hät schön usgseh.

Sabine: Bi miinere Mutter däheim in de Karlsrueher Gegnig hän si früehier de Christbaum an d Stubedecki ghänkt. Unte hän si de Stamm spitzig gmacht un de größti un schönsti Öpfel us em Cheller dragesteckt; dem hät mer »de Öpfelkönig« gsait.

Kathrin: Worum »de Öpfelkönig«?

Sabine: Wil er halt de größti un schönsti Öpfel gsi isch, weisch!
Am Weihnachtstag hän si alli unter sellem Baum tanzt un hän mitenander probiert, vom Öpfelkönig abbiise, aber d Händ hän si nit dürfe neh däzue. Des isch als arg lustig gsi.

Großvater: Im Schwarzwald selber – wo s doch so viil Tannebäumli hät – chennt mer de Christbaum erst sit ebe hundert Johr. Aber schöni Krippe hät mer scho vor siebehundert Johr gchennt.
Wo mir Chinder gsi sin, häts zum Schönste ghört, aß mer hän dürfe vor em Weihnachtsfest oder au zwüsche Weihnachte und Neujohr go »Krippli luege«. Do si mer als e ganzi Herd Cinder vo eim Nochber zum andere zoge un hän dört d Krippli a'gluegt. We mer e Sprüchli gwüßt hän, hä mers ufgsait und hän deno Springerli oder anderi Weihnachtsbrötli kriegt.

Marianne: Jo! Un jetz meini, Anne, wär grad de richtig Moment däfür do, daß du uns des versprocheni Gedichtli saisch, meinsch nit?

Anne: Jo gern!
(Sie sagt ein Gedicht auf, z. B. »Am Krippli«.)
(Anmerkung: Nun können auch noch andere Kinder ein Gedicht aufsagen oder etwas Musikalisches darbieten.)

Großmutter: Hä des isch jetz aber schön gsi!
Vergeltsgott Chinder!

Großvater: Jo, des sag i au!
Un jetz wör mer aber d Cherze a'zünde, aß es hell wird im Huus un in de Herze, gell!

Marianne: (klatscht in die Hände)
Alli Chinder stelle sich uf un mache e Kreis um de Christbaum umme! Hebet enander an de Händ! Un jetz wö mer unserem schöne Christbäumli e Liedli singe un e Tänzli tanze.

Kinder: (fassen sich an den Händen zum Kreis um den Christbaum, dessen Kerzen Großvater und Großmutter anzünden.
Die Kinder ziehen nun um den Baum und das alte Paar. Sie singen dazu das »Weihnachtsbäumli-Lied«; beim Refrain lassen sie sich los und klatschen. Bei der zweiten Strofe ziehen sie in der Gegenrichtung.
Zum Abschluß trägt ein Kind – oder mehrere – das Gedicht »Heiligi Nacht« vor. Dann wird gemeinsam das Lied »Stille Nacht, heilige Nacht« gesungen.)

Grueß Gott

Wort un Wiis: Gerhard Jung 1987

Großvater und die Zuckerbrötli

Die beiden Alten lebten still und bescheiden in ihrer kleinen Mansardenwohnung drüben über der Eisenbahn. Ob sie wirklich Großvater und Großmutter waren, kann ich nicht sagen, sind doch nie Kinder oder Enkel dort ein- und ausgegangen. Aber sie nannten einander so, wenn sie zusammen in die Stadt einkaufen gingen, und alle Welt fand das in Ordnung, nicht zuletzt ich. Wie manches Mal habe ich dem feinen, ein wenig altmodischen Frauchen den Korb tragen helfen und dafür ein »Zuckerli« eingeheimst! Und immer hat sie mir dabei von ihrem »Großvatterli« erzählt.

Er war ein braver, fleißiger Mann, allzeit freundlich und doch zurückhaltend. Er trank nicht und spielte nicht und stand auch nicht an den Ecken herum. Eigentlich hätte man ihm seine kleinen Schwächen gar nicht zugetraut, aber er hatte sie doch, und die schlimmste davon war seine Naschhaftigkeit. Die wurde nachgerade unerträglich, wenn es Weihnachten zuging und das Großmütterchen ihre »Zuckerbrötli« zu backen anfing. Darin war sie eine unerreichte Meisterin, ihre Butterbrötli zergingen auf der Zunge, ihre Springerli, Lebkuchen und Zimtsterne waren Gedichte.

Kein Wunder, daß der Großvater als beinahe verging »vor Glust«. In allen Ecken und Winkeln der kleinen Wohnung suchte er nach den begehrten Köstlichkeiten. Leider oft umsonst. Denn das Großmütterchen, so gütig sie sonst war, hielt streng darauf, daß das Gebäck nicht vor dem Fest angebrochen werden dürfe. So entwickelten sich die Tage und Wochen vor Weihnachten zu einem freundlichen Krieg zwischen weiblicher Findigkeit und männlichem Forscherdrang. Wenn Großmütterchen auch noch so raffinierte Verstecke ausfindig zu machen wußte, gar nicht selten wurde sie durch Großvaters männliche Hartnäckigkeit doch übertrumpft.

Eines Tages hatte nun Großmütterchen eine glänzende Idee. Mit einer großen Blechtrommel eben gebackener Zuckerbrötli schlich sie zur Nachbarin, zwei Stockwerke tiefer, und bat sie, ihr doch die kostbare Last bis Weihnachten zu bewachen. Aber sie hatte nicht mit Großvaters Hellhörigkeit gerechnet, die in der »kritischen Zeit« besonders ausgeprägt gewesen sein muß. Kaum war das Frauchen nämlich im Vollgefühl ihres endgültigen Sieges zum Einkaufen abgerauscht, nahm mein Großvater die Zwillingsschwester besagter Blechtrommel unter den Arm, marschierte zu ebenderselben Nachbarin und verriet ihr, er habe alles mitangehört. »Sehen Sie«, sagte der alte Lausbub, »meine Frau hat ganz recht. Nur ist ihr leider in der Eile ein dummes Mißgeschick passiert. Sie hat nämlich die falsche Büchse erwischt.« Das würde sie sicher ärgern, meinte er, und deshalb wäre es besser, wenn sie die Büchsen gleich auswechselten. Um so größer würde dann wohl die Freude seiner Eheliebsten über seine Standhaftigkeit sein. »Aber bitte nicht verraten! Ich habe noch eine Überraschung für mein Großmutterle obendrauf gelegt!«

Was blieb der armen Nachbarin übrig, als eben dem freundlichen alten Herrn vom vierten Stock den Willen zu tun? Sie gab ihm die weibliche Büchse heraus und stellte dafür den fragwürdigen männlichen Ersatz aufs Wandbrett. Volle zwei Tage schwieg sie auch, dann aber plagte sie das Gewissen, und sie beichtete dem Großmütterchen, was vorgefallen war. Voll banger Ahnung öffnete diese die vermeintliche Schatztruhe. Sie fand sie voll mit

Papierschnitzeln und Hobelspänen, und ganz obendrauf lag ein Zettel mit einem einzigen Wort: »Ätsch!«

Drei Tage lang redete sie kein Wort mit dem Großvater, dann kam der Schlosser und brachte eine eisenbeschlagene Truhe mit mächtigem Vorhängeschloß. »Hier hinein kommen in Zukunft die Weihnachtsbrötchen«, sagte der triumphierende Blick, den das Großmütterchen auf ihren alten Schlecker abschoß, »und daß du den Schlüssel nicht erwischst, dafür werde ich schon sorgen!« Das gab eine schlaflose Nacht für den Großvater. Aber als seine Schatzhüterin am nächsten Tag vollbepackt mit Mehl und Rosinen aus der Stadt kam, hatte er das Problem auf einfachste Weise gelöst. Neben dem großmütterlichen Vorhängeschloß prangte ein zweites, großväterliches, und so konnte weder der eine noch die andere die Truhe öffnen, sie war so unnütz wie ein vernageltes Faß und wanderte schleunigst auf den Dachboden.

Großvater hatte also auch die zweite Runde für sich entschieden. Schon wollte das arme Frauchen die Waffen strecken, da kamen ihr der Zufall zur Hilfe und ein wurmstichiger Küchenstuhl. Dieser brach nämlich zusammen, als Großvater just auf dem Kleiderschrank nach dort vermuteten Springerli suchen wollte. Der Arme konnte sich gerade noch an der oberen Kante festhalten, hing zwischen Himmel und Erde und getraute sich nicht, herunterzuspringen. Minutenlang rief er in Todesängsten um Hilfe, bis ihn sein bestürzt herbeigelaufenes Frauchen mit ungeahnter Kraft in die Arme nahm und aus der mißlichen Lage befreite.

Die Angst, die er ausgestanden hatte, war eine heilsame Medizin für den alten Naschkater. Von nun an verlegte er sich lieber aufs Bitten, dem konnte Großmütterchen auf die Dauer ohnehin nicht widerstehen. Als er es mir erzählte, sagte er aber ein wenig wehmütig: »Weisch, Bueb, die gstibitzte Zuckerbrötli sin halt doch no di beste gsi!«

Am Krippli

Im heilge Land in Bethlehem,
do stoht e Stall us Strauh un Lehm,
un Löcher hät s im Dach, s isch wohr,
ball größer as e Schüüretor.
Dur selli Löcher pfiift de Wind
so iisig iine. Armis Chind,
wie friersch du uf diim dünne Strauh
un s Müeterli sell tschudrets au
im dünne Mantel nebedra.
Sankt Josef!
Gang zünd s Füürli a!

I wott, i chönnt bim Chindli sii,
no chneut i grad vor s Krippli hi
un hebti Wind un Chelti ab.
No schenkt i as mi schönsti Gab
mii Herzli wiß un rein wie Schnee;
i tät em s grad in d Händli geh.
No spürts kei Wind meh, chalt un rauh,
un s Müeterli, die zarti Frau,
die singts no liislig in sii Rueh.
Sankt Josef,
brumm de Baß däzue!

Chömmet go luege!

en alemannisch Weihnachtsliedli – Wort un Wiis: Gerhard Jung 1980

Chömmet zum Chindli! Chömmet zum Chindli!
s lit in de Chripfe verloren un arm.
Chömmet zum Chindli! Chömmet zum Chindli!
Göhn bringet em Liebi un gän em doch warm!

Lueget un loset! Lueget un loset!
Was euch die Muetter vom Chindli verzellt.
Lueget un loset! Lueget un loset!
De Heiland will Mensch sii! So freu Di doch Welt!

Freu Di vo Herze! Freu Di vo Herze!
Fride un Freud chünde d Engel hüt z'nacht.
Freu Di vo Herze! Freu Di vo Herze!
De Herrgott hät d Erde zum Freuen uns gmacht!

Unser Liecht

e Liedli für d Weihnachtszit Wort un Wiis: Gerhard Jung 1986

Uf Bethlehem zue

Jetz lueget emol alli in Eueri Händ,
ob dört drinn nit e Füürli brennt?
Spüret ers, aß jetz in dene Tage
Eueri Händ e Flämmli wön trage,
e Liecht uf em Weg uf Bethlehem zue,
e Flamme, wo brennt un nit wehmacht däbii!
Spüret er d Wärmi? Sehn er de Schii?
Wohlt Euch die heiteri, inneri Rueh?

Gell, so ne Liecht bruucht mer,
we mer mit andre
im Dunkel will furt, go uf Bethlehem wandre.
We mer will a'cho bi sellem, wo chunnt
als Mensch uf em Zitweg,
no bruucht mer e Füür.
Ihr hän s in de Händ!
Traget Sorge däfür
in dene Tage un in dere Stund,
aß es nit uusgoht im iisige Wind
uf unserem Weg
zuem heilige Chind.

D Weihnachtsgschicht

für Chinder verzellt

s sin jetz bal zweitausig Johr her, do hät im chleine Städtli Nazareth im jüdische Land e Jümpferli gwohnt, des hät Maria gheiße.

Zue dere isch emol e Engel cho. Denket, wie d Maria verschrocken isch, wo de uf eimol im Stübli inne gstanden isch.

Aber de Engel hät gsait: »Bruuchsch kei Angst ha, Maria! I mueß der öbis uusrichte vo unserem Herrgott. Du sollsch e Chind kriege, e Büebli, des isch im Herrgott siin eigene Sohn. Weisch, de soll do uf d Erde cho als Mensch un soll däzue helfe, aß d Lüt wider meh Liebi finde zuenenander un nit eso großi Not müen liide an ihre Seele!«

D Maria hät nume chönne sage: »Wenn s de Herrgott so will ha, no würd i halt müeße folge!«

De heilig Geist hät ere däno e Chind unter s Herz glegt.

Z'Nazareth isch au e Zimmermann gsi, e brave Ma. Josef hät er gheiße. Er hät die Maria gern gha un hät sie wölle hürote. Zue dem isch de Engel au cho, aber im Traum, un hät zue n em gsait: »Josef, nimm die Maria als Frau zue dir! Si würd e Chind uf d Welt bringe, e Sohn. Du sollsch en Jesus taufe lo! s isch unsem Herrgott sii eige Chind un er wird alli Mensche heile vo ihre Sünde un Seelechrankete.

De Josef hät zerst nit recht wölle. Aber wil s de Herrgott eso hät uusrichte lo, hät er zletzt doch gfolgt un gmacht, wie s de Engel gsait hät.

Jetz hät aber grad in sellere Zit de Kaiser Augustus vo Rom e Gsetz usebrocht, aß sich alli Mensche in siim große Riich müen ufschriibe lo. Alli Männer hän müeße mit ihre Familie in sell Ort go, wo ihri Vorfahre hergstammt sin.

De Josef hät vo Bethlehem gstammt, vom König David siine Söhn, Enkel un Urenkel her.

So hät also de Josef mit siinere junge Frau müeße zmits in de chalte Johrszit im Dezember uf sell Bethlehem pilgere.

Wo si dört anecho sin, häts so viil Lüt gha, aß si niene e Bliibi gfunde hän. Zletzt sin si i me Stall untergschlupft, wo uf em Feld vor de Stadt leergstanden isch.

Dört hät d Maria de Heiland gebore. Si hän des Büebli in Windle iigwicklet un mit e weng Heu un Stroh in e Chripfe glegt, wo suscht d Schof drus gfresse hän.

Zwische de Berge häts großi Herde gha. Dört hän d Hirte gwacht wege de Wölf.

Uf eimol isch e groß Liecht am Himmel gsi un en Engel isch zmits unter dene verschrockene Männer un Buebe gstande. »Hän kei Angst!« hät de Engel gsait, »lueget, i sag euch e großi, großi Freud a: Z'Bethlehem isch de Heiland gebore, wo alli Mensche warte druf, aß er si us ihre Sorge un Ängst erlöse tuet!

Göhn uf Bethlehem un lueget! Ihr werdet e Chindli finde, wo in ere Chripfe lit! Sell isch de, wo euch rette cha!«

Un won er des gsait hät, isch e risegroßi Schar Engel um si her gsi un alli hän gsunge: »Ehret de Herrgott im Himmel obe un Fride soll sii uf de Erde wit un breit für alli Mensche, wo n e guete Wille hän!«

Do hän d Hirte gsait zuenenander: »Chömmet, mer göhn uf Bethlehem! Des müe mer gseh ha.« Si hän ihri

Herde ällei glo un sin grennt, was häsch, was gisch, bis si an selle Stall cho sin, wo d Maria un de Josef s Heilandschindli in de Chripfe zeigt hän.

Do sin d Hirte vor dem chleine Chindli anegchneut un hän bättet un verzellt, was de Engel gsait gha hät. Un si hän dem Büebli ihri bescheidene Gschenkli geh: e Stückli Lammfell, e Chächeli voll Schofchäs un e Hampfle Chrütter us de Berge.

D Maria hät ene zueglost un hät sich alles guet gmerkt, was die Hirte verzellt hän.

Un – wenn s au nit in de Bible stoht – i mein, s heilig Chind heb grad e Juchzger abglo vor luter Freud!

Hä jo gell! s isch doch au Weihnachte gsi, do darf mer scho ne mol juchzge!

Gspröch an de Krippe

D Maria sait

Sankt Josef, lieber Zimmerma,
jetz lueg au unser Chindli a!
Wie lits do in siim Krippli inn
un s will mer garnit us em Sinn,
was i vom Engel ha: Vom Vatergott de Sohn
lit do im chalte Stall
für d Mensche Spott un Hohn –
un Herr vom Weltenall!

De Josef sait

Maria, gueti, frommi Frau,
de heilig Engel wiist ders gnau;
was er dur uns de Mensche sait
in d Not un d Armetseligkeit,
schenkt Trost un Hoffnig au:
De Herrgottssohn wird Mensch,
ganz ohni Gwalt un Macht,
aß Du jetz d Wohret chennsch:
D Welt isch für d Liebi gmacht!

Bloß d Liebi cha d Welt ändre, weisch.
Geboren us em Bluet un Fleisch
in d Not un d Nacht so ruuch un füecht.
Sell isch des heilig Hoffnigsliecht,
wo Du ins Dunkel traisch:
D Liebi bruucht au s Leid,
aß si wachse cha!
So hät de Engel gsait.
Nimm s in Gottsnamen a!

D Maria sait

Gell, s isch eim windeweh!
De Himmel hät s is ge
un ihm git s so e schwere Weg
un Chummer in di erste Täg.
Wie Gott will! So soll s gschäh!
Un fahrt mer glii de Schmerz
ins Lebe wie ne Schwert,
do isch mii Muetterherz!
I gib ems, wie n ER s gährt.

O Josef, gell, des Chindli do
macht alli guete Mensche froh!
Loß is drum fröhlich sii hüt z Nacht;
de Herrgott weiß scho, was er macht,
mir müen s wohl a'neh so.
De Stall im chalte Feld
soll Ursprung sii un Grund,
bis für di ganzi Welt
am Chrüz d Erlösig chunnt!

Heiligi Nacht

O Wunder us de Fülli!
Uns Menschen in de Stilli
schenkt Gott sii eige Chind.

S chunnt nit im Glanz uf Erde,
ganz liis will s Liecht uns werde
uns Menschen arm un blind.

Kei Schloß mit schöne Sääle
tuet sich s als Wohnig wähle,
e Schoofstall, leer un rauh.

Dört lit s im enge Krippli,
als Bettli bloß e Tschüppli
verzettlet Haberstrauh.

D Nacht stoht im leere Fenster,
isch voll vu böse Gspenster,
isch voll vu Haß un Spott.

Do lit des Neugebore
an s Dunkel schier verlore
un isch doch Gott! Isch Gott!

O Wunder us de Fülli,
o Demuet in de Stilli,
so schwach un mächtig z gliich.

D Welt wird in ihrer Trüebi
taghell vor luter Liebi!
Wie machsch is du so riich!

Simmelibühler Weihnacht

Das Kalenderblatt zeigte den 24. Dezember 1938. Es war die letzte Weihnacht vor dem Zweiten Weltkrieg. Ich war zwölf Jahre alt; als ich dem Wunder der Weihnacht begegnete.

Die Lichter am Weihnachtsbaum waren längst gelöscht, die Bescherung war vorüber. Wir saßen wie immer in der heimeligen Stube beisammen, die Großeltern, die beiden Tanten, Mutter, Vater und wir vier Kinder. Der Ofen brummte und knackte, Regen schlug an die Fenster. Die Großen redeten und wir Kinder tiftelten schon an den Geschenken herum oder lagen mit heißen Köpfen über den neuen Büchern.

Da schrillte das Telefon.

Mein Vater, der Tierarzt, wurde auf den Simmelibühl gerufen zum Asalebuur.

Mürrisch und brummig, weil er aus dem so beschaulichen Kreis herausgerissen wurde, zog mein Vater die Winterkleidung an, und auch ich stand bald in Skihose und Schneestiefeln bereit. Wußten wir doch zu gut, daß es nicht ratsam war, im Winter auf den Bergen allein zu sein; gar nicht selten kam es vor, daß das Auto irgendwo stecken blieb und einer Hilfe holen mußte. Wir Buben waren an winterliche Nachtfahrten längst gewöhnt; an jenem denkwürdigen Abend freute ich mich sogar darauf, bedeutete es doch eine Verlängerung des Weihnachtserlebnisses und versprach, bei dem stürmischen Schauerwetter abenteuerlich und aufregend zu werden.

Wir waren auch kaum bei der Mambacher Brücke in das schmale Angenbachtal eingebogen, da ging der Regen schon in heftiges Schneegestöber über, das uns manchmal kaum die Straßenränder erkennen ließ. Aber allem Unwetter zum Trotz schaffte es unser braver »Adler junior« bis auf die Höhe von Altenstein. Die letzten tausend Meter zum einsamen Simmelibühl hinauf mußten wir allerdings im Schein unserer Taschenlampen durch den schon kniehohen Schnee stapfen. Der Bauer kam uns auf halbem Weg mit der Stallaterne entgegen, trieb uns zur Eile: »s isch mii besti Chueh!« sagte er immer wieder.

Schweißnaß und dampfend standen wir endlich in dem trübbeleuchteten Stall; dumpfe Wärme umgab uns, und die Tiere sahen uns aus großen Rätselaugen an.

Es war ein hartes Stück Arbeit für meinen Vater, und auch ich mußte kräftig mitziehen bis endlich das neugeborene Kalb naß und zittrig auf dem Strohbündel lag. Die Mutter leckte es zärtlich ab, der Bauer wollte es ihr wehren, aber mein Vater sagte: »Laß sie machen, was ihr die Natur eingibt! Die Natur ist der beste Arzt!«

Wir wuschen uns am laufenden Brunnen die Hände, dann bat uns der Bauer in die gute Stube. Im Herrgottswinkel stand der Christbaum, viel bunter als bei uns daheim, mit Glaskugelketten und Engelshaar beinahe über und über zugedeckt. Auch eine Krippe fehlte nicht, die Figuren hatte ein Knecht aus Birkenästen grob geschnitzt.

Wir setzten uns und die Bäuerin trug auf: Speck, Bauernbrot und ein selbstgebranntes »Pflüümliwasser« – ich bekam davon einen Schluck ab und mußte schrecklich husten –. Bald aber merkten wir, daß der sonst so gastfreundliche Bauer immer unruhiger wurde, je mehr die Zeit verstrich. Als wir uns daher früh erhoben, blieb der sonst übliche wortreiche Protest aus. Ein wenig verwundert, ja beinahe gekränkt wegen dieser Unhöflichkeit, traten wir schließlich in die Winterwelt hinaus.

Draußen standen alle Bewohner des Hofes, die Frauen schweigend, in dunkle Umhänge gehüllt. Die Großmutter trug noch die Backenhaube mit den langen Bändern. Es fehlte nur noch der Bauer.

Erst fragte ich mich verwundert, ob sie uns wohl alle aus Dankbarkeit für die gerettete Kuh das Geleit geben wollten. Als aber der Bauer – nun im Überzieher und mit breitem schwarzem Hut – zu den andern trat, zündeten alle schweigend ihre Laternen an und wandten sich mit kurzem Gute-Nacht-Gruß seitab. Durch den wohl meterhohen Schnee strebten sie ohne Weg und Steg eilig die steile Halde hinab.

Vater und ich standen mutterseelenallein vor dem großen dunklen Hof.

Und da begegnete uns die Weihnacht.

Es schneite nicht mehr, die Wolken waren weithin aufgerissen. In mattem Schneelicht floß die Landschaft von uns hinab in die Taltiefe, stieg wieder an, senkte sich erneut. »Gottes Mantelfalten« pflegte mein Vater zu diesem Gewoge zu sagen. In jener Stunde sagte ich es auch.

Auf den dunkeln Bogen der Waldberge ruhte die schwarze Himmelskuppel, übersät von Tausenden und Abertausenden von Sternen. Noch niemals hatte ich sie in solcher Klarheit gesehen. Aus der Unendlichkeit kamen Ströme und Bäche aus Lichtern und setzten sich niederwärts an den Hängen in ruhig wandernden Ketten und Gruppen fort.

Dort stiegen sie herab aus ihren einsamen Höfen und Flecken, die Bauern von der Waldmatt, von Ehrsberg, aus der Sonnenmatt und vom Rohrberg, die Happacher und Schürberger Bauern. Und aus dem taltiefer liegenden

Rohmatt zog eine starke Schar bergwärts. Alle wanderten dem erleuchteten Kirchspieldorf Häg zu, wo die Glocken der kleinen Pfarrkirche eben anhuben, zur Mitternachtsmette zu rufen.

Vater und ich faßten uns schweigend an den Händen. Strebten dort nicht die Hirten zum armen Stall von Bethlehem wie es im Lukasevangelium aufgeschrieben ist: »Und sie verließen ihre Herden und gingen eilends hinab, und sie fanden Maria und Josef und das Kind, das in der Krippe lag!?«

Ein Vierteljahrhundert später habe ich versucht, die Gedanken und Empfindungen jener Nacht neu zu erspüren im Gespräch eines Vaters mit seinem Buben auf dem Gang zur Christmette.

Gspröch in de Christnacht

De Bueb sait

Du, Vatter, isch des ehrlich wohr,
was unsre Lehrer do verzellt:
Vor viile, viile hundert Johr
heb Gott si Chind gschickt in die Welt,
un i me Stall uf hertem Stroh
sei s Herrgotts Chind uf d Erde cho,
kei Tschöbli un kei Hosen a,
bloß dünni Windle heb s dört gha?

De Vatter sait

Jo, Bueb, s isch wohr! So stohts im Buech:
s isch bösi Zit gsi selbigsmol,
e Zit mit Gwalt un Chrieg un Fluech,
mit Haß un Niid un Elend voll,
e Zit voll Hunger, Angst un Weh.
Gott selber häts nümm chönne seh!
So hät er is vom Himmelsthron
e Retter gschickt – siin eigne Sohn
in chalte Stall, in Iis un Wind,
hilflos un arm – e Menschechind!

De Bueb sait

Mer sait, gell, aß de liebi Gott
im Handchehrumme mache chönnt,
was immer, was er mache wott
mit siine beide Meisterhänd.
Lueg, Vatter, s goht mer garnit ii:
Gott hät des Büebli arm un chlii

im chalte Stall uf d Welt cho lo?
Worum denn numme grad eso?
Er het em doch e großis Schloß
histelle chönne, meinsch es nit?
Un Diener geh, Soldate, Roß
wo einer cha regiere mit?
Nit i me Stall uf sellem Stroh –
als König het er solle cho,
no het er gwiß ball Ornig gschafft
in siinre starche Heilands-chraft!

De Vatter sait

Jo Bueb, sell het er mache chönne.
Er het au chönne d Erde neh
un si mit Stumpf un Stil verbrenne!
De Mensche wär kei Unrecht gscheh!
Doch denksch dra, Büebli, aß is Gott
e Vatter sii un bliibe wott?
Denksch dra, aß Er voll Liebi isch
un Di so gern hät, wie Du bisch?
Lueg, selle Vatter wär nit guet
wo d Chinder all in alle Dinge
mit Gwalt un mit de heilge Wuet
zum Guete un zum Rechte zwinge.
Nei! Z innerst inne, echt un frei
mueß sich de Mensch siim Gott verbinde
un us sich selber, ganz ällei
de Weg zum Herrgottskrippli finde,
so wie n en d Hirte gfunde hän
in sellre Nacht vo Bethlehem!

De Bueb sait

I wott, hüt wär si, selli Nacht,
wo s Heilandschind im Krippli lit!
I wott de Stern in siinre Pracht
ufstrahle seh in unsre Zit!
No wär i au eso ne Hirt
un brächt dem Büebli, wo dört friert
miin warme Mantel un miin Schal
un miini Händsche dört in Stall.
I brächt em alles, was i ha
un decktis zue, so guet i cha!
Gell, Vatter, gell, in sellre Nacht,
do hete mir des au so gmacht.

De Vatter sait

Bueb, selli Nacht isch allewiil do!
Los, s stoht im heilge Buech ufgschribe:
E Heilandschind isch zuen is cho
un s isch uf ebig bin is blibe!
s Gottseschind isch cho uf d Erde
als Menschechindli, arm un chlii,
aß d Mensche siini Brüeder werde –
Gottchinder!
Bueb, lueg dört de Schii!
Er chunnt vom Kirchli, sihsch es, gell,
un dunkt eim wie ne Stern so hell.
Dört inne, weisch, lebt wunderbar
sell Chind als Brot im Hochaltar,
als armeselig chlei Stuck Brot
un hilft is doch us Schuld un Not.
Lueg! D Mensche ziehn vo alle Sitte

wie d Hirte hi zum Stall us Lehm
un alli, alli Glocke lütte
Chumm!
Dört isch all no Bethlehem!
De Heiland isch gebore; drum göh mir nit verlore!

Vergelt's Gott

Bevor mer tüen s Altjohr überetrage,
lö mi Euch alle Vergelt s Gott sage.
Mitnander hä mer dur Freuden un Leid
sell Fünkli Liebi witertrait
dur d Chälti un s Elend vo unsere Zit,
aß es all andere Hoffnige git.
Vergelt s Gott für alles!
Un en einzigi Bitt:
Herrgott, bhalt is binander
un gib is d Chraft zum witerschaffe.
Meh bruuche mer nit!

Neujohr

E großi schwarzi Wolke
hängt über unsem Land
mit Schuld un schwere Folge
vollglade bis an Rand.

Si dräut is mit Verderbe
un ängstet Land un Lüt,
loßt unsri Wälder sterbe
im Gifthuuch vo de Zit.

De Tod trait uf de Schippe
millionefache Mord;
Chrieg isch uf viile Lippe
scho fast e Alltagswort.

Herrgott, wie soll des ende,
was so nen A'fang nimmt.
Wer cha denn des no wende,
wenn s Menschsii nümmi stimmt?

Mir alli – grundverschide
in Hutfarb, Art un Bluet –
wön doch nur eins: De Fride!
Herrgott, sei doch so guet:

Loß is en Usweg finde
us Angst un Not un Gfohr,
aß mir is überwinde
im dunkle neue Johr

grad eineweg no z hoffe
un tapfer z schaffe dra,
aß s Menschsii wider offe
für d Mensche werde cha;

aß d Lüt enander schätze
mit Wille, do wie dört,
un mitenander schwätze
wie sich s für d Mensche ghört.

s Bettelchind

Los, stoht e Bettelchind am Tor
un will nit witergoh.
s hät gsait, siin Name sei »Neujohr«
un s tät gern iinecho.

Däbii häts bloß e Fetze Chleid,
kei ganze Fade dra,
stinkt noch em Elend un noch Leid
un luegt eim hungrig a!

Gang, mach em uf! Mag s sii, wie s mag,
mir hän no Platz im Huus.
Weisch, e weng Guets tue, jede Tag,
dört wachst de Fride druus.

Chumm her, Neujohr, un hock an Tisch!
Bliib nit dört vor de Tür.
Mag cho, was chunnt. I denk: Du bisch
so guet un schlecht wie mir!

Wenn Du nit hungerisch un friersch,
no gohts uns au nit schlecht.
s lit all an uns, ob Sege wirsch.
Mir mache s Bös un s Recht!

Am Neujohrsmorge z bätte

Herrgott! Du häsch mer zwei Auge ge.
Gib mer im neue Johr,
aß i nit nummen eins bruuch
zum all uf mi selber luege.
Gib mer au en Aug für selle Mensch,
wo neben a mer liidet.

Herrgott! Du häsch mer zwei Ohre ge.
Gib ,mer im neue Johr,
aß i nit nummen eins bruuch
zum lose, wie mer mir schmuust.
Gib mer au en Ohr zum anehöre,
was i alles verchehrt mach!

Herrgott! Du häsch mer zwei Füeß ge
un zwei Händ.
Gib mer im neue Johr,
aß i nit numme ei Fuß bruuch
zum allem usweg goh, wo mer nit paßt.
Gib mer im neue Johr,
aß i nit numme ei Hand bruuch zum Neh!
Gib mer, aß i au e Fueß ha
zum anegoh, wo Not isch,
un e Hand zum helfe!

Herrgott! Du häsch mer ei Hirni ge,
ei Herz un ei Muul.
Gib mer im neue Johr,
aß i si eifältig bruuch,
im Denke un Spüre un Sage,
was Du witt!

Drei-König-Spruch

Grüeß Gott!
Mir stöhn do vor de Tür
im Wind un chalte Wetter,
drei Chronen uf us Goldpapier,
e Stern us Chistebretter.

Chasper, Melcher un Balthasar,
so heißt mer uns drei Gselle,
Un s isch de Sechst im Januar,
we mir am Türchnopf schelle.

E Bettelvolk im Glitzergwand.
wo euch do chunnt go froge:
Hät eins vo euch no Herz un Hand
für anderlütes Ploge?

Vertlehnt isch alles, was mer hän,
echt z'eige ghört eim wenig,
doch we mer andre helfe wönn,
no si mer ehrlich König!

Gell, was en echte König isch,
dä siht uf siine Wege,
wo Not un Elend hockt am Tisch.
Dörtane bringt er Sege!

Gott segne Euch so treu wie fern
un hilf an alle Tage
Euch in die Welt de Hoffnigsstern
mit de Drei König trage.

Worterklärungen

alemannisch	*schriftdeutsch*
a	an/am
abe	hinunter
a'hebe	anhalten
ämend	wohl/vielleicht
ane	hin
Anke	Butter
as	als
aß	daß
bal	bald
bätte	beten
bim	bei dem
Bir(e)	Birne/Hutzelbirne
bizzeli	bißchen
Bliibi	Bleibe/Unterkunft
blutt	nackt
Bölleli	Kügelchen
butsche	stoßen (mit dem Kopf)
ch	meist für k
cha/chasch	kann/kannst
Chindbettere	Wöchnerin
chnelle	knallen
chneue	knien
cho/chömmet	kommen/kommt
chrabble	klettern/schlüpfen
Chrömli	Geschenk
däno	dann
de	der/du
der	dir
dere	dieser (weibl.)
dra	daran
dure	hindurch/hinüber
dusse	draußen

echt	wohl/vielleicht
em	ihm
en/ene	ihn/ihnen
Füdle	Hinterteil
gän/ge	geben
Geißlechlöpfis	Peitschenknallen
gha	gehabt
gheie/gheit	fallen/fällt
Glust	Verlangen
gno	genommen
göhn/goh	gehen
go	um zu
gspässig	eigenartig/komisch
gsi	gewesen
gulte	gegolten
ha/häsch/hän/hät	haben/hast/haben/hat
Händche/Händschig	Handschuhe
hebe	festhalten
Hemm	Hemd
hüt	heute
i	ich
ii	ein
iine	hinein
kriege	bekommen
Lädemli	Fensterladen
liislig	leise
lit	liegt
lo/losch/lön	lassen/läßt/lassen
lose	horchen
luege	schauen
Lüt	Leute

mänk/mänke/mänkis	manch/mancher/manches
Mölli	Dickkopf
mue/müen	muß/müssen
neume	irgendwo
niemer	niemand
niene	nirgendwo
noch	nah
nonemol	noch einmal
nume	nur
nümmi	nichtmehr
nüt	nichts
obenabe	von oben herunter
öber	jemand
öbis	etwas
ploge	quälen/plagen
Rung	kurze Zeit
sait/saisch	sagt/sagst
Scheiche	Zaunlatten/Beine
Scheslo	Chaiselongue/Couch
schmürzele	geizig sein
Schnuufi	Atem
Schüüre	Scheune
seggle	rennen
selbander	zu zweien miteinander
selbigsmol	damals
sell/selle/selli	jenes/jener/jene
sott/sotte	soll/sollten
speere	sperren
spot	spät
stibse/stibitze	mausen/wegnehmen
Strauhfinke	aus Stroh geflochtene Hausschuhe
strupfere	schrubben

tätsch/tät	tätest/täte
trait	trägt
tschättere	klappern
tschumple	schlurfen
tschuudere	schaudern
übere	hinüber
ufe	hinauf
umme	herum/vorbei
use	hinaus
usse	außen
verdeggel	verdammt
vergelstere	ängstlich machen
vernütte	verächtlich machen
vertschäppere	verschleudern
vüre/vürschi	vor/vorwärts
wa	was
wegedem	deswegen
Werweiße	Verwundern/Fragen
wil	weil
wit/Witi	weit/Weite
witt	willst
wön	wollen (sie . . .)
wott/wotte/wottsch	möchte/möchten/möchtest
zänzle	locken
zelle	zählen
zmits	mitten drin
zsämme	zusammen